AF236579

FSC
www.fsc.org
MIX
Papier aus ver-
antwortungsvollen
Quellen
Paper from
responsible sources
FSC® C105338

3. Auflage 2022, Arnd Krenz

Kein Teil des Werkes darf in irgendeiner Form ohne schriftliche Genehmigung des Verlages reproduziert werden.

Quellen: Staatsfilialarchiv Bautzen, Stadtbibliothek Bautzen, Christian-Weise-Bibliothek Zittau (Altbestand)
Umschlaggestaltung: Media-Light Löbau – eine Marke der DP Media GmbH
Satz: Media-Light Löbau
Herstellung und Verlag: BoD – Books on Demand, Norderstedt
ISBN: 978-3-7543792-9-5

ARND KRENZ

Auf historischen Pfaden

Der Tiger von Sabrodt

Inhalt

Liebe Leserin, lieber Leser,

Schön, dass Sie dieses Buch in die Hand genommen haben. Vielleicht stehen Sie ja gerade in einer Buchhandlung, in einer Bibliothek oder haben es sogar gekauft. In dem Fall: herzlichen Glückwunsch! Es ist ein Band aus der Reihe „Auf historischen Pfaden". Im Grunde ein Sammlerstück, in dem ich Geschichten und Sagen aus der Oberlausitz publiziere. Stück für Stück vervollständige ich diesen Fundus, dessen Bausteine ich in Kleinarbeit aus alten Akten, Zeitungen sowie Zeitschriften zusammentrage. Dabei handelt es sich zum geringeren Teil um Legenden, zum Größeren aber um wahre Begebenheiten. Doch keine Bange! Sie bekommen weder einen trockenen Lesestoff vorgesetzt, noch einen, in dem es vor historischen Fakten und Daten nur so wimmelt. Gut aufgearbeitet und leicht lesbar geschrieben, eignet er sich als Begleiter in ihren Mußestunden.

Ganz bewusst habe ich mich für die Form der Unterhaltungsliteratur entschieden, weil wir wissen, dass sich viele Leute dem Thema Geschichte ungezwungen nähern möchten. Möglicherweise sind sie abgeschreckt von trockenen Jahreszahlen oder der Stoff scheint ihnen nicht spannend genug. Beim Schreiben unserer Geschichten haben wir bedacht, dass die Vergangenheit aus der Summe gelebter Schicksale, aus Emotionen, aus Freuden und Leiden von Menschen besteht. Gerade das ist es, wodurch die Vorfahren mit uns kommunizieren, wie sie unsere Wege leiten und uns vor Unheil bewahren wollen. Schauen wir also genau hin, denn es bleibt bei der Erkenntnis: Wer seine Geschichte nicht kennt, wird seine Zukunft nicht meistern! Immer wieder werden Menschen in die gleichen Fettnäpfchen treten, immer wieder die gleichen Fehler machen, immer wieder vernichtende Kriege zulassen, die sie in ihrer Entwicklung zurückwerfen und an einem freien, lohnenswerten Leben hindern. Wir sollten stets daran denken, dass wir Wohlstand und Demokratie in erster Linie den Altvorderen verdanken. Sie haben über Jahrhunderte nicht nur für sich, sondern auch für ihre Kinder, Enkel sowie Urenkel gekämpft, um ihnen bessere Lebensverhältnisse zu ermöglichen. Hören wir auf sie und passen gut auf: Wie schnell ist zerronnen, was Generationen dereinst haben begonnen!

Trotz, dass ich diese Geschichte(n) locker-unterhaltsam erzähle, habe ich zuweilen kein Blatt vor den Mund bzw. die ‚Feder' genommen. Nicht selten mutet es brutal an, was Menschen in früheren Jahrhunderten in deutschen Landen erleben und hinnehmen mussten. Oft war es ungerecht und stürzte sie im Namen einer angeblich gottgewollten Moral und Ordnung ins Verderben. Die Geschichten „Schöngretchen hinterm Berge" oder „Hanka und Hatto – eine unsterbliche Liebe" sind beredte Beispiele dafür. Als Gute-Nacht-Lektüre für Kinder sind sie deshalb ungeeignet. Auch die Titelgeschichte „Der Tiger von Sabrodt" zeigt in deutlicher Sprache, wie die Oberlausitzer (und nicht nur sie) noch vor über 100 Jahren dachten und handelten. In diesem Sinne hoffe ich, dass Ihnen das Buch gefällt. Ich wünsche viel Spaß beim Lesen und vor allem: beim Nachdenken!

Ihr Autor Arnd Krenz

Der Tiger von Sabrodt

Unendlich weit erstrecken sich die Wälder der Lausitz über das Land. Darüber hinaus sind sie ruhig und mit ansehnlichem Wildbestand versehen. So jedenfalls befand es ein märkischer Weidmann, dem das raue Klima der nördlichen Tiefebene offenbar weniger behagte. Deswegen beschloss er, sein Jagdrevier mehr nach Süden, in den preußischen Teil der Oberlausitz zu verlegen. Östlich von Hoyerswerda pachtete er ein riesiges Waldgebiet, um der Gesundheit und dem gestressten Geist Erholung zu verschaffen. Lange Spaziergänge hatte er vor zu unternehmen und dabei seinem Hobby, der Hege des Wildes sowie der Krone des weidmännischen Handwerks, der Jagd, nachzugehen. Wie er hieß, hat er uns leider nicht verraten. Sei es drum,

dass er mit den folgenden Ereignissen nicht in Verbindung gebracht werden oder niemandem preisgeben wollte, wo er die Mußestunden verbrachte. Verständlich ist das insoweit, als dass es sich bei ihm um eine in Preußen nicht unbedeutende Person, möglicherweise einen hohen Staatsmann gehandelt haben muss. Wie aus seinen schriftlichen Erinnerungen hervorgeht, hatte sein Wort Gewicht und brachte die örtlichen Beamten gehörig auf Trab. Hauptsächlich der Initiative dieses Mannes ist es zu verdanken, dass beginnend ab dem Sommer des Jahres 1903 das Schicksal einer schrecklichen ‚Bestie‘, des sogenannten ‚Tigers von Sabrodt‘, ein für alle Mal besiegelt war. Da wir ihn in der folgenden Geschichte keinesfalls weglassen wollen, seinen Namen jedoch nicht kennen, nennen wir ihn im Weiteren einfach den ‚Jäger‘.

Die Spur

Die möblierte Wohnung in Hoyerswerda war passabel. In der Mitte des Jahres 1903 hatte sich der Jäger hier eingemietet und die erste Nacht, wie er bemerkte, recht gut in ihr geschlafen. Bereits vor einem Monat war er in der Stadt und ließ sich vom zuständigen Förster Dommel sein anvisiertes Jagdrevier zeigen. Den ganzen Tag lief er mit ihm abwechselnd durch Hochwald, über Lichtungen und dicht mit Jungbäumen bestandene Flächen. Schließlich befand er das Gebiet für gut und pachtete es für die nächsten 10 Jahre. Heute – es war ein sonniger Julimorgen – wolle er allein in Ruhe das Revier erkunden. Im Flur des Hauses stand neben ihm sein Vermieter und wünschte viel Glück für die Pirsch.

„Nein nein, nicht auf die Pirsch soll es gehen, mein lieber Herr Reichel!"

Der Jäger klopfte dem Hauswirt jovial auf die Schulter.

„Erkunden, Beobachten und Sondieren stehen an erster Stelle", belehrte er ihn.

„Vor dem Schuss steht die Hege des Wildbestandes. Eine Maxime, der auch ich mich verpflichtet fühle!"

Aber genug der Worte! Der Jäger schwang die doppelläufige Flinte über den Rücken, verabschiedete sich und lief hinaus aus der Stadt, immer weiter in ‚seinen‘ Wald hinein.

Es war einfach herrlich! Bei klarer Luft stieg ihm ein würziger Duft in die Nase. Einzigartig und ganz anders als in den heimischen Gefilden nördlich Berlins, wo die meisten Wälder aus Kiefern bestanden. Die wuchsen zwar auch hier, doch gab es neben ihnen ebenso Fichten, Tannen, Eichen und Buchen. Und blickte er über eine der mit reichlich Kräutern, Farnen sowie Beerensträuchern bewachsenen Lichtungen, konnte er am anderen Ende manchmal sogar ein Birkenwäldchen entdecken. Der Jäger atmete tief durch. Er schritt forsch voran, denn das Wetter meinte es in diesem Juli gut mit Mensch und Natur. Bei durchschnittlich 20 Grad brannte die teils wolkenverdeckte Sonne nicht allzu heiß vom Firmament. Auch genügend Regen war in den vergangenen Tagen auf den Waldboden gefallen, sodass die Pflanzen prächtig im Saft standen.

„So lässt sich's leben", frohlockte der Jäger.

„Habe ich mit meinem Unterfangen, eine Jagd in der Oberlausitz zu pachten, doch voll ins Schwarze getroffen!"

Allerdings wusste er wenig Bescheid und hatte deshalb ein Messtischblatt dabei. Mit dickem roten Stift war darauf sein Revier umrandet. Immer wieder orientierte er sich an den eingezeichneten Wegen und verglich die Waldstücke mithilfe an deren Ecken eingelassener Jagensteine. Auf diese Weise machte er am Vormittag gute Strecke, bis ihm einfiel, was seiner Seele zur Erbauung noch fehlte. Richtig:

„Ein echter Weidmann ohne Rauch, ist wie 'ne Flinte ohne Schmauch!"

Rasch griff er in die lederne Jagdtasche und zündete sich eine dicke Zigarre an. Genüsslich blies er den ersten Qualmkringel gen Himmel. Dann blickte er wieder auf die Karte: Hier an der Grenze zum Muskauer Forst müsste ja irgendwo ein Feuerwachturm stehen ...

„Genau – hier ist er eingezeichnet – das muss er sein!"

Sein Finger fuhr über die Karte den Weg entlang. Dann lief er die rund 50 Meter geradeaus und stand vor einem hochaufragenden hölzernen Turm. Der Jäger schaute hinauf und rief ein kurzes Horrido nach oben. Da keine Antwort kam, klemmte er kurzentschlossen den Zigarrenstumpen zwischen die Zähne und kletterte die Sprossen empor. Niemand befand sich auf der Plattform. Also nahm er in aller Ruhe seine

Flinte vom Rücken und setzte sich auf die rundumlaufende Bank. Dass sie heute unbesetzt blieb, wunderte ihn nicht, denn von einer erhöhten Waldbrandgefahr konnte diesen Sommer keine Rede sein. Unten wie oben wehte bei bester Fernsicht ein frisches Lüftchen. Wohin er schaute, sah er auf Kilometer nichts als Wald.

„Trefflich, um mir einen Überblick zu verschaffen", dachte der Jäger und setzte sein Fernrohr an.

Millimeter für Millimeter graste er sein Jagdrevier ab, auch in der Hoffnung, das ein oder andere Rot – beziehungsweise Schwarzwild zu entdecken. Es dauerte jedoch nicht lange, da hielt er inne. Statt der erwarteten Tiere, kam ihm aus nördlicher Richtung eine schwarze Fläche vor die Linse.

„Da hört sich aber alles auf", knurrte er.

„Hat mir der Förster doch glatt eine Brandfläche unterschlagen"!

Nach einer halben Stunde war er vor Ort. Wie er feststellte, handelte es sich um eine abgebrannte Schonung. Glücklicherweise hatte das Feuer sie nur zur Hälfte vernichtet. Der andere Teil des heranwachsenden Jungwaldes stand bestens im Holz. Er lief quer über den verbrannten Boden und betrat eine mitten durch die unversehrt gebliebene Dickung gepflügte Schneise. Wie er fand, eine hervorragende Stelle, um Schalenwild aufzuspüren – die würde er sich merken! Als er weiterging, schreckte mit einem Mal rund 20 Meter vor ihm ein Bussard auf und flog mit raschen Flügelschlägen davon.

„Nanu, lag dort am Rand des Dickichts etwa ein verendetes Tier?"

Neugierig lief er hin. Was er zu sehen bekam, ließ allerdings seine Jägerseele erschaudern. Vor ihm lag ein gerissener Rehbock. Aus dem unversehrten Kopf schauten zwei tote Augen heraus, der Rest des Körpers lag aufgefetzt am Boden. Während ein Teil der Gedärme herausgerissen umherlag, war das meiste Fleisch abgefressen, die Rippen hingen, teilweise gebrochen, kahl in der Luft.

„Welche Bestie ist hier am Werk gewesen?"

Der Jäger stand vor einem Rätsel. Ein einheimisches Raubtier, wie der Rotfuchs, kam jedenfalls nicht infrage. Diese Kreatur musste wesentlich größer und kräftiger sein. Außerdem hielt sie sich wahrscheinlich in

11

der Nähe auf, denn der Kadaver erschien ihm relativ frisch. Obacht war geboten! Er lud seine Flinte, schaute in alle Richtungen und lief vorsichtig zur Schneise zurück. Dort sah er nach unten und entdeckte einige Pfotenabdrücke. Sie zu definieren fiel ihm schwer, weil in der Nacht ein wenig Regen gefallen war.

„Könnte ein verwilderter Köter sein", sprach er zu sich.

„Wenn ja, allerdings ein Gewaltiger!"

„Na warte", rief er wutentbrannt und drohte dem unbekannten Tier mit der Faust.

„Der Jäger hier bin ich! Entweder du verschwindest von selbst oder ich mache dir höchstpersönlich den Garaus!"

Die Legende

Missgestimmt kehrte der Jäger am Abend in seine Wohnung zurück. Was ihn denn so verdrieße, fragte der Hauswirt.

„Unser Wald wird ihnen doch nicht die Laune verdorben haben?"

„Nein nein lieber Herr Reichel, der Wald ist schon in Ordnung", antwortete ihm der Jäger.

„Nur scheine ich in meinem Revier nicht der einzige Jäger zu sein."

Kaum hatte er das gesagt, verzog der Wirt sein Gesicht zu einem breiten Grinsen:

„Ach haben sie ihn auch schon bemerkt ... ich dachte sie wüssten ..."

Verwundert sah ihn der Jäger an und zuckte mit den Schultern.

„Na dann bitteschön", lud ihn Reichel ein, „kommen sie zu mir auf einen Roten".

„Ich bin zwar nicht der Förster, trotzdem will ich ihnen alles gern erzählen."

Nachdem der Jäger in der ‚Guten Stube‘ Platz genommen hatte, stellte Reichel eine Flasche Beaujolais Crus Chénas auf den Tisch.

„Wenn ich schon einmal die Ehre habe ..."

Bedeutungsvoll goss er die bauchigen Gläser viertelvoll.

Er bat um einen Moment Geduld und brachte eine Mappe mit ausgeschnittenen Zeitungsartikeln heran.

„Hier habe ich alles über den Tiger gesammelt."

„Den Tiger?"

Der Jäger erschrak und zuckte zusammen. Beinahe wäre dabei sein Glas umgefallen.

Ja ja, der Tiger von Sabrodt – so nennen wir das Biest. Wie ich ihrem Reden entnehme, hatten sie heute die Ehre, dessen mörderische Hinterlassenschaften zu begutachten."

„Mich wundert's, dass sie in ihrer brandenburgischen Mark darüber noch nichts gehört haben", begann Reichel zu erzählen.

„Seit über drei Jahren treibt dieses Scheusal in unseren Wäldern sein Unwesen."

Dorfstraße von Sabrodt

Im März des Jahres 1900 sei es gewesen, als erste Nachrichten aus den Forsten bei Sabrodt die Runde machten. Eine fremdartige Kreatur würde dort Hochwild töten. Sogar einen Hund hatte sie auf freiem Feld erwischt und grausam in Stücke gerissen. Fragen kamen auf und Gerüchte gingen von Haus zu Haus. Bald befeuerte auch die örtliche Presse die Gemüter. Für sie war der unbekannte Räuber, in dem ansonsten verschlafenen Gebiet um Hoyerswerda, eine willkommene Story. Anfangs konnte sich niemand nur den geringsten Reim auf die Ereignisse machen. Das Tier blieb unsichtbar. Die Leute vermuteten, es müsse sich um eine größere Raubkatze, etwa einen Löwen, Puma oder Tiger handeln. Denn selbst vor einem stattlichen Rothirsch hatte das Scheusal keinen Halt gemacht. Realistisch war die Annahme allemal, weil in der Region oft Zirkusunternehmen umherwanderten. Möglicherweise wäre das Tier von dort ausgebüchst, ohne dass es die Betreiber gemeldet hätten. Angst vor Strafe könnte der Grund gewesen sein. Immer weiter schmückten Einheimische die Geschichten aus und erfanden neue. Teilweise nahmen ihre Darstellungen obskure Züge an, bis ein Vorfall dem ein Ende bereitete und Gewissheit zu schaffen schien.

Reichel zeigte dem Jäger einen Zeitungsartikel.
„Hier sehen sie!"
Wie der Jäger darin las, kam das Biest eines Sonntag vormittages in Sabrodt bis an das Gehöft des Häuslers Groba heran. Was Groba zum Zeitpunkt der Beobachtung machte und ob er schon bei vollen Sinnen war, stand nicht im Beitrag. Auf alle Fälle behauptete er steif und fest, einen Tiger gesehen zu haben. Beim Anblick seiner Person wäre die Raubkatze blitzschnell mit Riesensprüngen wieder im Busch verschwunden. In den folgenden Wochen relativierte man diese Aussage. Erstens sagten Zeugen, Groba hätte am Sonnabend bis spät im Wirtshaus gesessen und einen in der Krone gehabt. Zweitens machten andere Bewohner Beobachtungen, die in dem Räuber eher einen verwilderten Hund vermuten ließen.
„Sei es, wie es sei", meinte Reichel.
„Die Aussage Grobas bestimmt bis heute das Synonym für diese Kreatur."
„Sie ist der Tiger von Sabrodt, und das wird sie wohl für alle Zeiten bleiben!"

Die Umtriebe der Bestie krempelten das Leben der Menschen in den Dörfern gewaltig um. Kaum noch trauten sie sich in den Wald und wenn, dann bewaffnet. Auch die Kinder durften nur in Begleitung Erwachsener zur Schule gehen. Eine kurze Phase der Entspannung trat ein, als aus Sprottau (heute: Szprotawa, Pl.) eine Meldung eintraf, im dortigen Forst hätten Jäger einen verwilderten Hund erschossen. Alle dachten, es handele sich um den Tiger von Sabrodt. Gott sei Dank jetzt ists vorbei, jubelten die Leute. Doch weit gefehlt – das Morden in den hiesigen Wäldern fand kein Ende. Mehr denn je waren die Förster und Wildschützen gefragt. Der Hoyerswerdaer Landrat Willy Otto Schwarz nahm sich persönlich der Sache an und setzte 100 Mark Belohnung auf den Kopf des Monsters aus. Für viele Jäger war das ein Ansporn, öfter als üblich auf ihre Anstände zu klettern. Besonders in klaren Mondscheinnächten verzichtete so mancher auf den wohlverdienten Schlaf, um nach dem vermeintlichen Hund, beziehungsweise sonst was für einem Tier, Ausschau zu halten. Der Förster vom Neustädter Revier hat sich die größte Mühe gegeben. Was immer er auch versuchte: Mit Gift, mit Eisen, sogar mit seiner hitzigen Hündin wollte er das Untier locken. Doch es war vergebens! Der Räuber schien schlauer zu sein als alle Weidmänner zusammen. Er führte sie ein ums andere Mal an der Nase herum.

„Und jetzt sind Sie der Pächter des Jagdreviers."
Erwartungsvoll sah Reichel den Jäger an. Er schenkte den Rest des Rotweins in die Gläser und lächelte.
„Nun ists an ihnen, das Viech zur Strecke zu bringen."
„Schön schön", entgegnete der Jäger und gähnte, denn mittlerweile war es später Abend geworden.
„Mein Lieber, für mich wird es Zeit schlafen zu gehen. Ich danke ihnen für den guten Wein und die Aufklärung. Dass die Forstbeamten dazu keinen Mut hatten, werde ich denen bei Gelegenheit kräftig aufs Butterbrot schmieren."
In den nächsten Wochen, so meinte er zu seinem Wirt, würden ihn eine Menge Geschäfte abhalten. Bereits morgen Mittag müsse er abreisen. Doch mit Einbruch des Winters, versprach er, wäre er wieder da und das letzte Stündlein der Bestie hätte geschlagen.
„Bei frisch hinterlassenen Spuren im Schnee", sagte er mit erhobenem Zeigefinger, „kann sich kein Tier verleugnen – auch nicht das gerissenste Biest ..."

Die Erkenntnis

Ab Anfang Dezember 1903 trat der Jäger beruflich kürzer. Er war abkömmlich, sodass er über den Jahreswechsel in die Oberlausitz reisen konnte. Freudestrahlend begrüßte ihn sein Wirt. Jedoch nicht ohne die Bemerkung, dass sein Erscheinen sicher nicht jeden erfreue.

„Bestimmt verdrehen einige Forstbeamte die Augen, wenn ihnen vor Weihnachten einer wegen des Tigers auf die Neven geht."

„Das müssen die Herren wohl oder übel ertragen", erwiderte ihm der Jäger.

„Jahrelang haben sie es nicht fertiggebracht, das gefährliche Tier zu beseitigen. Es ist an der Zeit, ihnen Dampf zu machen."

Zunächst aber zeigte auch das Dezemberwetter wenig Bereitschaft, den Jäger bei seiner Mission zu unterstützen. Zwar schien die Sonne klar vom blauen Himmel und der Frost steckte tief im Boden, doch das Entscheidende fehlte: der frisch gefallene Schnee. So blieb dem Jäger nichts anderes, als im Revier spazieren zu gehen und nach Wildgänsen, Enten und Hasen Ausschau zu halten. Immerhin konnte er dadurch seinen Wirt und einige Freunde mit einem Weihnachtsbraten beglücken. Mehr war nicht drin, zumindest bis drei Tage vor Heiligabend.

Kaum war der Jäger erwacht, fuhr er wie von der Tarantel gestochen hoch. Senkrecht saß er im Bett und wollte nicht glauben, was er an diesem Montagmorgen sah. Er kniff in seine Wange, aber es war kein Traum: Vom Schlafzimmerfenster aus blickte er auf die weißen Dächer in der Nachbarschaft.

„Aufstehen", befahl er sich selbst.

„Ein Weidmann, der bei frisch gefallenem Schnee ruhig schlafen kann, sollte besser die Flinte in die Ecke stellen und einer anderen Beschäftigung nachgehen."

Rasch erledigte er die Morgentoilette, klappte ein paar Brote zusammen und stand nach einer halben Stunde in voller Montur an der Treppe. Der Hausbesitzer schaute aus seiner spaltweit geöffneten Wohnungstür und fragte, wohin denn der Jäger so früh wolle.

„Frische Spuren im Schnee – sie wissen ja", rief er ihm statt eines Morgengrußes zu.

Dann lief er hastig hinunter. Laut fiel die Haustür ins Schloss. Es war das letzte Geräusch, das der Vermieter bis zum Abend vom Jäger zu hören bekam.

Als der Tag heraufzog, stand der Jäger bereits im Revier. Unter seinen Stiefeln knirschte der Neuschnee und ein Blick auf den Boden verriet: Er hatte sich nicht geirrt. Von links nach rechts, von rechts nach links, voraus und zurück entdeckte er jede Menge Fährten. Sie stammten von den unterschiedlichsten Tieren und gaben dem Jäger Anlass, sich über den Wildreichtum des hiesigen Waldes zu freuen. Gerade heute wäre ein idealer Tag, einzelnen Tieren nachzustellen. So gerne er das getan hätte, trieb ihn jedoch ein anderer Umstand an, weiterzugehen. Wieder und wieder kam ihm der Tiger in den Sinn. Ihn wurmte, dass schließlich er die Jagd gepachtet hatte und ein Zweiter es wagte, sich ungefragt an den reich gedeckten Tisch zu setzen. Würde er diesem Schurken heute auf die Spur kommen? Würde er ihn töten können? Wie gesagt, die Gelegenheit war günstig, doch wo sollte er die Spurensuche beginnen? Am aussichtsreichsten wäre, überlegte er, ich laufe dorthin, wo ich im Sommer die schauerlichen Überreste seiner Fressorgie gefunden habe. Banditen kehren ja, sagt man, oft an den Ort ihres Verbrechens zurück. Also schaute er noch einmal auf das Messtischblatt, rückte die Flinte zurecht und lief los.

Wolfsspur im Schnee

Nach einer Dreiviertelstunde straffen Marsches stapfte er über die im Juli entdeckte Brandfläche hinweg. Auch hier konnte er im Schnee viele Spuren entdecken – die einer Raubkatze oder eines Hundes allerdings nicht. Je näher er der Schneise kam, desto langsamer lief er. Meter für Meter suchte er den weißbedeckten Boden ab. Dann blieb abrupt stehen.

„Hab ich's mir doch gedacht", fluchte er halblaut, „bist du also immer noch da, du vermaledeiter Nimmersatt"!

Vor sich sah er die Abdrücke von Hundepfoten. Sie verliefen längs entlang der Schneise. Den Ausmaßen und der Tiefe nach stammten sie von einem größeren Exemplar seiner Gattung. Bei dem vor Ort reichhaltigen Fleischangebot schien ihm das nicht verwunderlich.

„Hast dich hier schön fett gefressen, aber damit ist jetzt Schluss", drohte er ins Dickicht hinein.

Dass der Hund ihn nicht verstehen, ja nicht mal hören würde, war ihm klar. Er hatte sich längst über alle Berge gemacht, seine Fährte verlief weiter in nordöstliche Richtung. Der Jäger entschloss sich, ihr zu folgen. Nach rund einem Kilometer fand er sogar eine frische, filzige Losung, durchsetzt mit Rotwildhaar. Außerdem fiel ihm an der Spur des verwilderten Köters auf, dass dieser schnürte, was für Hunde eher untypisch war. Das machen eigentlich nur ...

„Na klar!"

Der Jäger fasste sich an die Stirn.

„Das ich nicht gleich darauf gekommen bin!"

„Du bist gar kein Hund, du bist ein waschechter Wolf!"

Nur – wie kam der hierher? In einer Jagdzeitung hatte er doch gelesen, das letzte hier lebende Tier der Gattung Canis lupus wäre exakt im Dezember vor 58 Jahren im Muskauer Jagschlossrevier erlegt worden. Ist er wieder da? Nicht auszudenken, wenn andere Wölfe dazukommen und die Bestien sich vermehren! Dem musste von vorn herein ein Riegel vorgeschoben werden! Und da die Spur aus seinem Gebiet heraus, in einer Schonung des Muskauer Reviers verschwand, beschloss er umzukehren. Noch heute wollte er den für ihn zuständigen Förster kommen lassen.

Begeistert schien Förster Dommel nicht zu sein, dass er am Abend beim Jagdpächter antanzen durfte. Schließlich hatte er vor Weihnachten anderes zu tun, als einem verwilderten Hund nachzulaufen. Zumal er bereits drei Jahre versucht hatte, das Tier zu erlegen. Vergeblich – es war einfach zu schlau. Damit musste man sich wohl abfinden.

„Zu schlau, zu schlau ...", vorwurfsvoll sah der Jäger den Förster an.

„Sie wollen mir doch nicht erzählen mein lieber Dommel, dass ein einzelner Wolf klüger ist, als alle Weidmänner der preußischen Oberlausitz zusammen?"

Das Wort Wolf ließ den Förster aufhorchen.

„Ja ja, sie haben richtig gehört", sagte der Jäger.

Er berichtete ihm vom heutigen Jagdausflug. Wie er die Spur verfolgte und eindeutig zum Schluss kam, dass es sich beim Tiger von Sabrodt weder um eine Raubkatze, noch einen verwilderten Hund, sondern um einen gewöhnlichen Wolf handle. Er nahm seine Jagdfibel zu Hand und knallte sie dem Förster auf den Tisch. Als wolle er ihn wie einen Schuljungen belehren, schlug er die Seite mit der Rubrik ‚Wolf' auf und zeigte demonstrativ auf das Bild:

„Canis lupus – verstehen sie, so sieht er aus", meinte er provozierend.

Was folgte, war eine Standpauke. Wie könne es sein, fragte er, dass so viele Leute vom Fach während drei schneereicher Winter nicht in der Lage waren, das Tier zu identifizieren? Stattdessen hätten sie durch ihren Dilettantismus der Gerüchteküche Vorschub geleistet. Von einem Tiger, Leoparden und weiß Gott was für einem Ungeheuer wäre die Rede gewesen. Dabei ging es nur um einen Wolf, ein vorsichtiges, scheues Tier, das dem Menschen eher ausweicht.

„Nichtsdestotrotz muss das Biest weg", schloss der Jäger sein Donnerwetter.

Schließlich sei der Wolf ein ernstzunehmender Landwirtschafts- und Forstschädling. Die Altvordern hätten ihn in hiesigen Gefilden nicht umsonst ausgerottet.

„Anfang bis Mitte Januar bin ich wieder hier, dann gehen wir die Sache gemeinsam an", meinte der Jäger zum Schluss versöhnlich.

Er wünschte Förster Dommel ein schönes Weihnachtsfest und fuhr am nächsten Tag zurück in Richtung Berlin.

Vergebliche Treibjagden

Es war zum Verzweifeln! Zu Beginn des Jahres 1904 konnte in der nördlichen Oberlausitz von weißem Winter keine Rede sein. Das Thermometer schwankte um den Nullpunkt. Lediglich am 22. Januar änderte sich das kurzzeitig. Die Temperatur rutschte leicht in den Keller und dichter Flockenwirbel brachte Neuschnee. Klar, dass es den Jäger an diesem Freitag beizeiten hinauszog. Ihm war bekannt, dass sein Förster am Vormittag auf dem Bahnhof Hoyerswerda mit dem Verladen von frisch geschlagenem Holz zu tun hatte. Er ging vorbei und verabredete um 11 Uhr mit ihm einen Treff direkt am Einschlagplatz. Wenn es ihm bis dahin gelingen sollte, den Wolf aufzuspüren, wollten sie unverzüglich mit der Treibjagd beginnen. Der Jäger hatte Glück. Wieder machte er die Spur des Wolfes aus, und wieder führte sie in das altbekannte Dickicht. Zur vereinbarten Zeit lief er rasch zum Förster, der sofort Arbeiter losschickte, um Treiber heranzuschaffen. Der Jäger selbst rannte los und holte Schützen heran. Gegen dreiviertel drei kam er zurück und stellte sie nördlich sowie südlich der Schneise auf. Von Osten und Westen her sollten die Treiber den Wolf ins offene Gelände drängen. Allerdings war das Ganze ein Schlag ins Wasser, denn Isegrim hatte die Gefahr erkannt oder war schon vorher verschwunden. Jegliche Versuche, ihn erneut aufzuspüren scheiterten. Schnell verging die Zeit und als die Sonne langsam am Horizont verschwand, verabredete man sich für den nächsten Tag ebenfalls um 11 Uhr. Diesmal allerdings am Königlichen Forsthaus.

Erstaunt stellte der Jäger fest, dass bereits um 10:45 Uhr eine beträchtliche Anzahl Menschen vor dem Forsthaus wartete. Kein Wunder, denn auf der Treppe stand höchstpersönlich der königliche Oberförster von Gronefeld. Nüchtern betrachtet überraschte ihn das nicht. Es wäre verwunderlich, hätte er von der Jagd auf den Wolf nichts erfahren. Er fühlte sich verpflichtet und übernahm persönlich die Leitung der heutigen Aktion. Die Männer begrüßten sich herzlich und tauschen sogleich ihre neuesten Suchergebnisse aus. Während der Jäger am Vormittag im eigenen Revier keine aktuelle Spur des Wolfes fand, meldeten von Gronefelds Späher gleich zwei Stellen. Einer von ihnen wollte das Tier in einer Dickung im königlichen Forst, der andere im gräflich arnimschen Wald entdeckt haben.

„Na gut, doppelt hält besser", sagte der Jäger und schlug vor, am nächstgelegenen Ort anzufangen.

Diesen jedoch, so war der Fährte zu entnehmen, hatte der Wolf längst verlassen.

Anders an der Dickung im arnimschen Forst.

„Zwei Spuren hinein, eine hinaus", verkündete der Oberförster.

„Er ist eindeutig hier drin!"

Auf Anhieb waren die Männer still. Lediglich per Handzeichen dirigierte von Gronefeld die Treiber nach rechts und die Schützen nach links. Sachte nahmen alle die ihnen zugewiesenen Positionen ein. Die Spannung stieg, die Verschlüsse der Gewehre klackten. Dann ertönte die Anjagdfanfare. Gleich darauf setzten die Rufe und Stockschlage der Treiber ein. Schritt für Schritt durchkämmten sie die Schonung. Auf der gegenüberliegenden Seite standen hochkonzentriert die Schützen. Darunter der Jäger: die Waffe im Anschlag, den Finger am Abzug. Nicht lange jedoch und die Treiber waren durch. Einer nach dem anderen kam aus dem Dickicht und betrat das freie Feld. Und der Wolf? Keiner hatte ihn zu Gesicht, geschweige vor die Flinte bekommen. Die Gewehrläufe gingen herunter, die Schützen sicherten ihre Waffen und Enttäuschung machte sich breit.

„Hat das Biest es wieder geschafft", fluchte der Jäger.

„Wahrscheinlich ist er im Norden durch die Treiberkette geschlüpft. Scheint ein gerissenes Vieh zu sein, dieser Tiger von Sabrodt", meinte einer seiner Kollegen.

„Und das wird er für die nächste Zeit auch bleiben", ergänzte ihn der Jäger mit Blick auf den Schnee.

Der nämlich taute schon wieder. Dem Jäger blieb zum Abschied nur die Verabredung, sich bei neuem Schnee erneut am königlichen Forsthaus zu treffen.

„Egal wie", sagte er zum Oberförster von Gronefeld, „bis zur Setzzeit ist die Bestie tot, oder ich muss andere Leute engagieren."

Das Ende

Verdammt, gerade jetzt und ich bin nicht dabei!"

Frustriert, nicht minder auch freudig, sah der Jäger am Vormittag aus dem Fenster seines Zugabteils. Flocken wirbelten durch die Luft und hüllten die ebene Landschaft in ein weißes Kleid. Vier Wochen hatte er seit der letzten Treibjagd bei matschigem Wetter in Hoyerswerda gesessen und auf Schneefall gehofft. Und ausgerechnet heute, am Mittwoch, den 24. Februar, war es soweit. Just am Tag, an dem man ihn dringend in der Reichshauptstadt erwartete. Wie gerne wäre er stattdessen in seinem Revier, würde Ausschau nach der Fährte des Wolfes halten und ihn gemeinsam mit den anderen einkreisen. Doch alles Bedauern half nichts. Auf ihn warten durften von Gronefeld und sein Förster auf keinen Fall. Wann, wenn nicht jetzt! Das Biest musste sein Ende finden.

„Vielleicht sollte ich die Leute zusätzlich motivieren", überlegte der Jäger.

Er entschloss sich, neben der vom Landrat ausgesetzten Prämie, aus eigener Tasche noch einmal die Hälfte draufzulegen. Am Nachmittag lief er zum Telegrafenamt und telegrafierte seinem Förster:

+++ morgen kreisen um 11 Uhr am rendezvousplatz +++ bei erfolg 50 mark extraprämie +++

Desgleichen ging ein Telegramm an den königlichen Oberförster:

+++ meine jäger beauftragt wie verabredet zu kreisen +++ ich selbst leider verhindert +++ weidmannsheil +++

„Bedauerlich, dass der Jäger nicht dabei sein kann", meinte von Gronefeld zum Förster Dommel.

Wie verabredet hatten sie sich am Donnerstag mit einigen Schützen sowie Treibern vor dem königlichen Forsthaus versammelt. Schnee war genug gefallen. Mit etwas Glück versprach die Suche Erfolg. Am Abend jedoch war die Enttäuschung groß. Nirgendwo konnten sie den ‚Tiger' festmachen. Dasselbe wiederholte sich am Freitag. So leise sie ausschwärmten, so weit sie liefen, so angestrengt sie auf den Schnee schauten: Nicht den kleinsten Pfotenabdruck eines Wolfes entdeckten sie.

Der Tiger von Sabrodt, Präparat Museum Hoyerswerda

„Vielleicht ist das Tier längst weitergezogen und wir erwischen es nie", meinte Oberförster von Gronefeld.

Er sagte die Suche für den nächsten Tag ab, bedeutete aber den Schützen sowie Treibern, sich bereitzuhalten. Förster Dommel allerdings gab sich damit nicht zufrieden. Da die Nacht zum Sonnabend erneut Schnee gebracht hatte, ging er, sobald es einigermaßen hell war, am 27. Februar allein auf Pirsch. Er dachte an die Worte des Jägers und wollte sich auf keinen Fall die Blöße geben, dass dieser am Ende fremde Leute beauftragte, den Wolf zu beseitigen. Gib niemals auf, lautete Dommels Motto und siehe da – plötzlich, so kurz nach 9 mag es gewesen sein, schien seine Ausdauer vom Weidmannsglück belohnt. Er konnte es kaum glauben, denn der Wolf steckte in derselben Dickung, aus der er bei der letzten Treibjagd entkommen war.

„Jetzt aber dalli, nichts wie Alarm schlagen", fuhr ihm durch den Kopf.

So schnell ihn die Beine trugen, stolperte er querfeldein durch den wadenhohen Schnee. Es ging um alles – noch heute musste das Biest erledigt sein!

Am Forsthaus ließ er sich per Telefon mit der königlichen Oberförsterei verbinden. Von Gronefeld war sogleich hellwach. Er erkannte, dass es auf jede Minute ankam und benachrichtigte umgehend die benachbarten Förstereien und infrage kommende Jäger. Selbst am Sonnabend hatte er kein Problem, die nötigen Leute zu finden. In der elften Stunde machten sich eine ansehnliche Schar Treiber sowie 18 Schützen, allen voran Oberförster von Gronefeld und Revierförster Dommel, auf den Weg zu besagter Dickung. Wie das Hoyerswerdaer Kreisblatt am 3. März 1904 schrieb: „... um dem verbrecherischen Treiben des Ungeheuers ein Ende zu bereiten". Zunächst aber schien, als würde daraus nichts werden. Wie nämlich die Schar an der von Dommel bezeichneten Schonung ankam, führte die Spur des Wolfes längst wieder heraus.

„Das hätten wir uns ja denken können", rief der Oberförster enttäuscht.

Zum Glück aber war eine neue Spur gut im Schnee zu erkennen. Nun erst recht vom Jagdfieber gepackt, verfolgten die Männer über rund zwei Kilometer die Fährte quer durch den Wald. Ihre Mühe sollte sich lohnen. Plötzlich verschwanden die Wolfspfoten erneut im dichten Gehölz junger Bäume.

„Endlich hat dein letztes Stündlein geschlagen", flüsterte Dommel.

Demonstrativ, dass es jeder in der Runde sehen konnte, legte er seinen Zeigefinger an die Lippen.

„Jetzt bloß nichts falsch machen", sprach er mit gedämpfter Stimme und wartete auf die Anweisungen des königlichen Oberförsters.

Mit größter Vorsicht umstellten die Treiber auf Geheiß von Gronefelds das Areal. Die Schützen postierte er an der Front zu einer rund 80 Meter breiten Lichtung, an deren gegenüberliegender Seite erneut dichter Jungwald begann.

„Auf Gedeih und Verderb müsst ihr den Wolf hier erwischen, sonst sind wir ihn endgültig los und werden zum Gespött der Leute", schärfte von Gronefeld den Jägern ein.

Dann gab er das Startsignal. Wieder ertönte das Jagdhorn und die Treiber durchkämmten die Schonung. Diesmal mit Erfolg. Nach etwa 10 Minuten gespannten Wartens betrat der Wolf vorsichtig die Lichtung. Es dauerte nur einen kurzen Moment und er rannte los, um das freie Feld zu überwinden. Im selben Augenblick krachte der erste Schuss durch die kalte Winterluft. Er kam vom Oberförster Dutmer-Bohla aus Lohsa, der seine Flinte mit Brennekemunition geladen hatte. Als sich das Tier überschlug, wollte er schon jubeln. Aber es dauerte nur eine Sekunde, bis der Wolf hochschnellte und mit ungeminderter Geschwindigkeit weiter rannte. Gleich darauf lief es dem Weißkollmer Förster Brämer auf 40 Schritt vors Visier. In seinem Lauf befanden sich Schrotpatronen, was bei einer Jagd auf größeres Wild eher ungewöhnlich war. Doch er tat es mit Bedacht und schoss zwei Mal gezielt auf den Kopf des Wolfes. Auch Förster Melzer aus Burghammer feuerte zwei Patronen ab – dann war es vorbei. Der Wolf war weg! Blitzschnell sprang er in die gegenüberliegende Dickung. Zwischen dem ersten Schuss und seinem Verschwinden waren höchstens 10 Sekunden vergangen. Fassungslos stand die Jagdgesellschaft auf der Lichtung. Von Gronefeld vergaß für einen Augenblick seinen Titel und fluchte alles andere als königlich:

„Verfluchte Scheiße, ist uns der dreckige Himmelhund wieder entwischt!".

Schnell aber fasste er sich und wies die Schützen an, auf ihren Plätzen zu bleiben. Die Treiber hingegen sollten die andere Schonung durchkämmen und den Wolf retour zur Lichtung scheuchen. Der königliche Oberförster blickte zur Uhr. Die Zeiger standen auf 2 Uhr am Nachmittag und die Flinten waren schussbereit. Plötzlich brüllte einer der Treiber:

„Hiiiier, hier liegt er!"

Die Jäger horchten auf. Sollten wir ihn doch erwischt haben? Von Gronefeld gab Zeichen, das Tier heranzubringen. Zwei Männer packten es an Vorder- und Hinterpfoten und trugen es zur Lichtung. Ganz schön weit. Sie mussten sich mit anderen abwechseln. Immerhin hatte es der verletzte Wolf fast 400 Meter in die Dickung hineingeschafft. Angekommen, warfen sie den Tierkörper in den Schnee.

Da lag sie nun: die Bestie, das Untier, der gefährliche Tiger von Sabrodt! Vier Jahre lang hatte er die hiesige Bevölkerung in Angst und Schrecken versetzt und seine Verfolger an der Nase herumgeführt. Nun war er mausetot! Unstrittig erkannten die Umstehenden, es handelte sich um einen Wolfsrüden. Ein stattliches Exemplar! Wie Förster Dommel schätzte, eines von mindestens 40 Kilogramm und einer Länge von 1,60 Meter. Doch wer war der glückliche Schütze, wer hatte den Wolf erlegt? Hinten, an der rechten Flanke, bemerkte von Gronefeld einen Streifschuss. Das konnte nur die Kugel von Oberförster Dutmer-Bohla gewesen sein. Aber am Kopf – von Gronefeld strich das Fell auseinander – dort hatte der Wolf eine tödliche Ladung Schrot abbekommen. Paul Brämer ballte seine Hände zur Faust und reckte die Arme wie ein Sieger nach oben. Er war der Held! Er hatte den Tiger von Sabrodt zur Strecke gebracht!

Der am 27. Februar 1904 im Hoyerswerdaer Forst erlegte »Wolf« (gen. der »Tiger von Sabrodt«). Länge 1 m 60 cm, Höhe 80 cm, Gewicht 41 Kilo.
G ossen vom Förster Brämer, Weisskollm.

Aufnahme von P. Aedtner, Hoyerswerda.

Auf eine Postkarte schrieb er drei Wochen später:

Weihscollm Post Lohsa O/L.
17.III.04.
Sie könnten nun getrost mal hierher kommen, die Wölfe werden Sie nicht auffressen.
Gruß mit Waidmannsheil
Ihr College Brämer

Die Wiedergeburt

Gleich am Montagmorgen machte sich Förster Dommel auf den Weg und schickte ein Telegramm in die Mark:

+++ Tiger von Sabrodt +++ ein echter rechter Wolf +++ zur Strecke gebracht +++

Der Jäger freute sich ein Loch in den Bauch. Er lud ein paar Gäste ein und begoss die Jagd mit gutem Rotwein.

„Endlich bin ich die Bestie los", rief er lachend und stieß auf den Schützen an.

Wer es war, wusste er zu diesem Zeitpunkt zwar nicht, wollte ihm aber bei seinem nächsten Besuch gratulieren und die versprochenen 50 Mark übergeben.

„Es ist schon gut so", meinte er, „dass wir das Wolfsgesindel ein für alle Mal aus unseren Fluren vertrieben haben".

„Die Bauern können sorglos ihr Vieh auf die Weide treiben und Förster sowie Jäger gezielt das Wild hegen."

„Und der gute Rehbraten ist nicht für Isegrim, sondern für uns bestimmt", ergänzte lachend einer seiner Gäste.

Der königliche Oberförster von Gronefeld und der Hoyerswerdaer Landrat Willy Otto Schwarz dachten am Montagmorgen allerdings nicht an Braten. Vielmehr machten sie sich Gedanken, wie es mit dem erlegten Wolf weitergehen könnte.

„Immerhin hat der ‚Tiger' die Leute lange in Atem gehalten und ist eine Attraktion", meinte Schwarz.

„Wir sollten ihn für die Nachwelt erhalten und ausstopfen lassen", schlug er vor.

Sogleich hatte er auch die Lösung, wie solch eine Präparation zu finanzieren wäre. Er wies an, den Wolf ins Schützenhaus zu bringen.

„Für 10 Pfennige Eintritt stellen wir ihn dort einige Tage zur Schau. Ich kümmere mich in der Zeit um einen geeigneten Präparator."

Wie gesagt, so getan: Bis zum Abend des 1. März blieb der tote Wolf im Schützenhaus. Zu diesem Zeitpunkt waren bereits so viele Schaulustige gekommen, dass das Geld für eine Präparation dicke langte. Als

Schloss Hoyerswerda 1787

Höhepunkt des Tages ehrte der Landrat den glücklichen Schützen und übergab ihm feierlich die ausgelobten 100 Mark Abschussprämie. Dann brachte man den Wolf in den Kastanienhof und anschließend zum Tierpräparator Otto Bock nach Berlin. Als sozusagen ‚Wiedergeborener‘ kam er lebensecht zurück nach Hoyerswerda, wo er, umfunktioniert zur Sehenswürdigkeit, lange Zeit im Kreishaus verblieb.

Im Jahre 1937 zog der ausgestopfte ‚Tiger von Sabrodt‘ um ins Heimatmuseum Hoyerswerda am Burgplatz 8. 1959 kam er ins Schlossmuseum. Dort ist er noch heute zu besichtigen. Offiziell gilt er als letzter auf deutschem Staatsgebiet erlegter Wolf. Erst ab Ende der 1990er Jahre wurden Wölfe wieder zielgerichtet angesiedelt.

Schöngretchen hinterm Berge

Es war einer dieser ungemütlichen Tage, an denen jeder gern auf der Ofenbank geblieben wäre. Doch es half nichts! Heute, am 29. Oktober anno 1572, war in Zittau Markttag. Handelsleute und Bauern harrten aus auf dem Platz vor dem Rathaus, bis sie den größten Teil ihrer Produkte zu Geld gemacht hatten. Es lohnte, denn trotz der nasskalten Witterung wimmelte es an jenem Mittwoch nur so von Leuten. Zahlreiche Frauen wanderten mit Kiepen auf dem Rücken von Stand zu Stand. Hauptsächlich die Angebote der Landleute erweckten ihre Aufmerksamkeit. Körbe, gefüllt mit Obst und Gemüse sowie Käfige mit Kleinvieh lockten zum Kauf. Aber auch andere, meist mit Planen überspannte Tische fanden ihr Interesse. Auf ihnen lag frisches Brot, gab es Brezeln, Pfefferkuchen und sonstige Leckereien. Die Frauen blieben stehen und besahen die Waren von allen Seiten. Dass ab und an eine Ratte unter den Auslagen durchwitschte, störte sie wenig. Unbeeindruckt prüften sie und feilschten. Erst dann kauften sie, was ihre Familie bzw. ihre Herrschaft kommende Woche zum Leben brauchte. Der allwöchentliche Gang zum Markt erschien ihnen eher als Notwendigkeit, denn als Vergnügen, wenngleich sie daran auch ein stückweit Freude hatten. Sie trafen Nachbarinnen und Bekannte und der neueste Tratsch machte in Windeseile die Runde. Die männliche Marktkundschaft tat es nicht besser. Debattierend in Grüppchen standen Bauern, einfache Bürger sowie wohlhabende Kaufleute beieinander. Selbst einige Ratsherren konnte man ausmachen. Im Gegensatz zum weiblichen Volk richteten die Herren ihr Augenmerk jedoch eher auf die ‚handfesteren‘ Angebote. Heute beispielsweise waren drei Pferde, ein Ochse und zwei gute Milchkühe zu verkaufen. Außerdem ein großer Leiterwagen mit Plane, Zaumzeug sowie diverse bäuerliche Gerätschaften. Auch die Stände der Schmiede, Schuster, Gerber, Kürschner, Gürtelmacher und

Riemenschneider erregten ihre Aufmerksamkeit. Und wie auf den meisten Märkten, fehlten an diesem Mittwoch auch die Spielleute nicht. Kälte und Nieselregen missachtend, musizierten sie mit Schalmei, Flöte, Drehleier und Trommel eingangs der Böhmischen Gasse und nickten jedem dankbar zu, der ihnen ein Geldstück in den Kasten warf. Ein Gewirr aus Musik, Stimmen, Pferdehufen und Wagenrädern drang durch die Straßen. Weithin hörbar sang es ein Lied vom pulsierenden Leben einer kleinen Stadt, von einem Markt wie hundert anderen in deutschen Landen. Das wäre er auch geblieben, hätte nicht abseits und im Verborgenen ein Ereignis stattgefunden, dessen tragisches Ende mehrere Monate später sogar den römisch-deutschen Kaiser Maximilian II. erzürnte.

Marktplatz Zittau

Das Unheil begann, als sich die Bauersfamilie Otto in der Frühe vom nahe gelegenen Dorf Eckartsberg auf den Weg machte, um in Zittau ihre Produkte feilzubieten. Eben angekommen, ließ sie ihr Pferdegespann am hinteren Ende des Marktplatzes stehen. Sie spannte eine Plane über ein Holzgestell und setzte ihre geflochtenen Käfige mit Hühnern, Enten sowie einigen Tauben darunter. Eier, Bohnen und Möhren breitete sie sorgfältig auf dem Verkaufstisch aus und die mit Äpfeln, Birnen, Kohlköpfen sowie Zwiebeln gefüllten Körbe stellte sie daneben, ebenso die Bütte mit frischer Milch. Alles so, dass die Vorbeigehenden die Produkte gut sehen und sich von deren Güte überzeugen konnten. Damit die Bauersleute viele Waren losbekamen, pries Otto sie marktschreierisch an. Er rief, so laut er vermochte:

„Vom Eckartsberg Äpfel und saftige Birnen; Eier für Kuchen und Pfanne feil!"

Er hatte Erfolg, die Leute kamen heran und kauften. Bauer Otto war jedoch bewusst, dass das nicht allein seiner stimmlichen Fähigkeiten wegen geschah. Bei ihm stand nämlich nicht nur seine Frau, sondern auch die Tochter Margarethe. Vorigen Monat 16 geworden, war sie in den letzten 2 Jahren zu einer ausnehmend schönen Jungfer herangereift. Ihre wallenden blonden Haare, die kastanienbraunen Augen, das sanfte ebenmäßige Gesicht; dazu eine grazile Figur und wohlgeformte Brüste, machten sie zum Begehr der Zittauer Männerwelt. Vor allem die Jungen schlichen um die Auslagen der Otto's. Oftmals verlangten sie bloß ein Ei oder eine Mohrrübe, nur damit Margarethe sie ein einziges Mal anblickte. Die Schöne faszinierte jeden, mehr aber war niemandem vergönnt, was blieb, war die Sehnsucht nach ihr. Sonst was hätten die Burschen dafür gegeben, Schöngretchen hinterm Berge – wie die Leute sie nannten – zur Frau zu bekommen. Das aber war unmöglich, denn Amors Pfeil hatte Margarethe längst mitten ins Herz getroffen.

Ein Mädchen wird zur Frau

Der von Margarethes Eltern bewirtschaftete Bauernhof in Eckartsberg gehörte nicht ihnen. Besitzer war der Zittauer Ratsherr und Bürgermeister Augustin von Kohlo. Dieser Umstand machte Otto zwar nicht zum Leibeigenen, ein freier Bauer war er trotzdem nicht. In Geld oder Naturalien hatte er Abgaben an den Grundherren zu leisten und war, was seine Existenz betraf, von ihm abhängig. Zum Hof gehörten rund eine Hufe Land, etliche Obstbäume und im Stall mehrere Kühe, zwei Pferde, einige Ziegen, Schweine sowie diverses Kleinvieh. Die Ottos lebten zusammen mit zwei Knechten in einem kleinen strohgedeckten Dreiseitenhof, teils aus Lehm, teils aus Steinen gebaut. Vom Frühjahr bis in den Herbst herrschte hier reges Treiben, denn Arbeit gab es mehr als genug. Nur im Winter trat etwas Ruhe ein. Die Familie verbrachte die Abende dann am Ofen bei Kienspan oder Kerzenschein. Oft saßen die Knechte dabei, mit denen sie die alltäglichen Dinge des Lebens besprachen. Nicht selten erzählten sie sich auch Geschichten, gewürzt mit allerlei Grusel und Aberglaube. Vor allem aber ging es beizeiten ins Bett, den besten Ort, um Nachwuchs zu zeugen. Davon gab es in den umliegenden Höfen wahrlich genug, nur bei Familie Otto wollte es damit nicht recht klappen. Margarethe, die im September anno 1556 das Licht der Welt erblickte, blieb ihr einziges Kind. Warum Gott das so eingerichtet hatte, wird wohl sein Geheimnis bleiben. Vater Otto betete: Zwei wären schön, aber es kam, wie es kam. Des Herren Wille war unergründlich und so schenkten die Eltern ihre ganze Aufmerksamkeit Margarethe. Umsorgt und behütet wuchs sie auf. Als kleines Mädchen hopste sie aufgeweckt über den Hof und zeigte an allen Dingen Interesse. Sie sah in jede Ecke, sprach mit den Tieren und schaute der Mutter, dem Vater sowie den Knechten bei der Arbeit zu. In der warmen Jahreszeit durfte sie mit aufs Feld. Saß Gretchen dann am Ackerrand, erkundete sie die Insektenwelt, ließ Schmetterlinge auf ihre Hand fliegen und stocherte Würmern sowie Käfern nach. Sie pflückte Blumen, sortierte sie auf ihrem Rockschoß und band sie zu Sträuschen zusammen. Lachend verschenkte sie sie an jeden, der gerade vorbeikam. Mit ihren Rehaugen, ihrem strohfarbenen Schopf und freundlichen Wesen, war sie der Liebling im Dorf. Keiner konnte ihr böse sein, keiner jagte sie davon.

Indes dauerte es nicht lange, da begann für Margarethe der ‚Ernst des Lebens‘. Jede Hand wurde gebraucht und sie musste mit 7 Jahren Aufgaben eines vollwertigen Familienmitgliedes übernehmen. Bestand ihr bisheriges Dasein aus Spiel und ihre Hofarbeit höchstens aus dem Einsammeln von frisch gelegten Eiern (was ihr viel Spaß machte), führte ihre Mutter sie nun Schritt für Schritt an die Hausarbeit heran. Schließlich sollte sie später eine tüchtige Bauersfrau werden. Allerdings musste sie bis zum 11. Lebensjahr den Hof dreimal pro Woche am Vormittag für die Schule verlassen. Einmal am Nachmittag kam dann der Pfarrer zur Bibelstunde. Was Gretchen in dieser Zeit gelernt hatte, reichte für die Bewältigung eines Bauernlebens aus. Sie konnte ein wenig Schreiben sowie Rechnen und kannte die Grundlagen des christlichen Glaubens. Sie vernahm die Verkündigung, dass Jesus Christus der von Gott gesandte Messias sei, der die Menschheit eines Tages von allen Qualen erlösen würde. Bis dahin hätte sie, so verstand sie es, als Mädchen fleißig, tugendhaft und sittsam zu leben. Margarethe verinnerlichte die Botschaft und war ein folgsames, frommes Kind. Jeden Sonntag lief sie mit Vater und Mutter nach Herwigsdorf zur Kirche und auch zu Hause betete sie täglich das Vaterunser. Was unter einer gottgefälligen Lebensweise genau zu verstehen war, insbesondere worauf sie verzichten sollte, darüber ließen sich Pfarrer, Lehrer sowie ihre Eltern nur ungenau aus. Eine erste Ahnung bekam Gretchen kurz vor ihrem 13. Geburtstag. Woche um Woche wuchsen ihr Brüste und an Stellen, wo sich vorher keine befanden, begannen Haare zu sprießen. Und nicht nur das: Eines Tages schleppte sie Milchkübel aus dem Stall. Die Arbeit fiel ihr schwer, denn seit dem Morgen plagten sie Schmerzen im Bauch. Sie schaute nach unten und erschrak. In Panik lief sie zur Mutter.

„Sieh nur, in meinem Leib ist etwas geplatzt!"

Gretchen bestand darauf, gleich die alte Mauksch zu holen. Sie wäre in Heilungsdingen erfahren und könne ihr bestimmt helfen, meinte sie.

Tröstend nahm die Mutter sie in den Arm:

„Kindchen, Kindchen, brauchst dir keine Gedanken zu machen. Daran wirst du dich gewöhnen, früher oder später geht das jedem Mädchen so."

Sie strich ihrer Tochter übers Haar und meinte vielbedeutend:

„Denke immer, was der Pfarrer sagt: Habe Gottvertrauen, bleibe tugendsam und meide die Burschen."

„Zumindest bis der Richtige kommt", fügte sie lächelnd hinzu.

Mehr erfuhr sie von ihrer Mutter nicht. Margarethe nickte und versprach, sich daran zu halten. Nichtsdestotrotz merkte sie, dass sie Männer jetzt mit anderen Augen sah. Dabei waren es nicht etwa ihre milchbärtigen Altersgenossen, zu denen Margarethe aufblickte. Nein, es waren die älteren, stattlicheren Bauernsöhne und Knechte, die in ihr ungekannte Regungen weckten. Sei es beim Treff auf dem Anger, beim sonntäglichen Tanz oder der Kirchweihe, instinktiv buhlte sie um Aufmerksamkeit. Sie putzte sich heraus und schaute begierig dem Treiben der Burschen zu. Gretchen bewunderte, wie sie ihre Mädchen in den Armen hielten, wie sie tanzten und bei jeder Gelegenheit ihre kräftigen Muskeln spielen ließen. Beachtet hat sie zu diesem Zeitpunkt noch keiner. Doch nicht einmal anderthalb Jahre vergingen, da schielte nicht Gretchen, sondern es war umgekehrt. Das entzückende blonde Mädchen fiel auf. Eifrig umschwärmten es die Burschen. Sie forderten es zum Tanz und machten Avancen. Aber Margarethe, die Tochter der Ottos, blieb standhaft. Zu fest war sie noch im Hof ihrer Eltern verwurzelt, als dass sie ans Heiraten dachte. Und nur zum Spaß mit einem Jungen zu gehen, wo laut Pastor die Sünde lauerte (was immer das auch war), darauf wäre sie in ihrer Frömmigkeit nie gekommen.

Nicht lange, da kannte fast jeder die Mär vom Schönen Gretchen hinter dem (Eckarts)Berge. Auch Georg, der 19-jährige Sohn des Zittauer Bürgermeisters Augustin von Kohlo, hatte davon gehört. Da sein Vater das Otto'sche Gut besaß, bat Georg eines Tages, ihn auf einem Rundgang begleiten zu dürfen. Ihn plagte die Neugier und so wollte er unbedingt das viel gepriesene

Eckartsberg bei Zittau

Mädchen kennenlernen. Nicht, um sie zu ehelichen, denn sie war ja nur ein Bauernmädel, ihm also keine ebenbürtige Frau. Außerdem war er bereits der Tochter des Ratsherren Lorenz Heuner versprochen.

„Dennoch könnte ich eine Zeitlang Spaß mit ihr haben", dachte Georg, „mein Vater braucht ja davon nichts wissen".

Für sein Vorhaben malte er sich gute Chancen aus, er war ein Spross des regierenden Bürgermeisters. Allein deswegen, so meinte er, müsse ihm die Weiblichkeit scharenweise zu Füßen liegen. Dazu kam sein Aussehen, auf dass Georg mächtig stolz war. Viele Zittauer nannten ihn den ‚Schönen Görgel'. Ein Attribut, dass ihm schmeichelte und meinen ließ, er brauche sich nicht anzustrengen, die Damenwelt würde auch so auf ihn fliegen. Demzufolge hätte er bei Gretchen leichtes Spiel, vorausgesetzt, sie lief ihm bei der Tour über den Weg. Gesagt, getan: Vater erfüllte ihm den Wunsch. Um seine Güter zu besuchen, ließ Augustin von Kohlo Anfang März 1572 anspannen und fuhr in Begleitung Georgs los. Von dessen Ansinnen ahnte er nichts. Er meinte, sein Herr Sohn wäre endlich gescheit und zeige Interesse am Erbe. Die Visite der ersten drei Höfe bestätigte diese Annahme. In Eckartsberg jedoch, beim vierten und letzten Gut angekommen, verflog Georgs Neugier an Hof und Stall. Ungeduldig schweifte sein Blick umher. Wo zum Teufel war sie nur, das blonde Mädchen, das die Burschen um den Verstand brachte? Außer den Knechten sah er niemanden. Dann endlich, sein Vater war bereits im Gehen begriffen, huschte eine unscheinbare Gestalt aus der Scheune. Leichten Schrittes trug sie einen Korb, gefüllt mit Dinkel und Gerste zum Hühnertrog, schüttete die Hälfte der Körner hinein und verstreute die Restlichen über den Hof. Während das Federvieh gackernd zusammenrannte, stand Georg wie angewurzelt und starrte auf das Wesen inmitten der Hühnerschar. Obwohl er durch das graue Bauernkleid und der in Stirn und Nacken gezogenen Haube den Menschen darunter kaum erkennen konnte, ahnte er, dass sie es sein musste: Das Mädchen, nach dem er sehnlich Ausschau gehalten hatte. Nur kurz schaute sie auf. Für eine Sekunde sah er ein bildhübsches Gesicht, aus dem zwei Rehaugen glänzten. Bevor Georg begriff, machte Gretchen kehrt und verschwand wieder hinter dem Scheunentor. Benommen stieg Georg in den Wagen. Sein Vater mahnte zur Eile und wunderte sich – einen solch sprachlosen Sohn hatte er lange nicht mehr erlebt.

Den schönen Görgel ließ der Ausflug nicht los. Er grübelte: Wenn jemand die Zuneigung dieses Mädchens gewänne, dann wäre er es. Die Bauerntölpel haben keine Chance, davon war er überzeugt.

Neugier und Ehrgeiz nagten, aber wie sollte er es anstellen, an sie heranzukommen? Am besten wäre, Gretchen in einem unbeobachteten Moment abzupassen, dann würde es klappen. Georg war fest entschlossen und machte sich wenig später zu Fuß auf den Weg nach Eckartsberg. Es war ein sonniger Frühjahrstag und er hoffte, die Bauersfamilie auf dem Feld anzutreffen. Unter dem Vorwand, der Vater hätte ihn geschickt, die Aussaat zu inspizieren, wollte er sein Erscheinen begründen. Und das Schicksal meinte es gut mit Georg. Bereits von Weitem bemerkte er den Bauern Otto, wie er mit einem Knecht den Acker bearbeitete. Zum Glück war Gretchen dabei. Geduckt schlich er heran und versteckte sich hinter einem Strauch. Als das Mädchen zum Feldrand lief, sprang er auf, tat, als käme er eben des Weges und sprach es an:

„Gott zum Gruß Jungfer! Wie läuft die Frühjahrsarbeit, was sät ihr dieses Jahr aus?"

Margarethe merkte sofort, wer vor ihr stand und erschrak. In den Boden hätte sie versinken mögen, denn es war kein Geringerer als der Sohn des Zittauer Bürgermeisters, der ‚Schöne Görgel'. Erst vor Kurzem war sie wegen ihm in der Scheune verschwunden und hatte ihn durch eine Ritze im Tor heimlich beobachtet. Was für ein Bursche das war, pechschwarze Haare, kräftig und gerade gewachsen! Seltsam still und verdattert war er in den Wagen gestiegen. Hatte er sich etwa in sie verguckt? Puterrot im Gesicht und beschämt ob dieser Gedanken blickte Gretchen zu Boden. Görgel nahm behutsam ihre Hand.

„Nicht doch", flüsterte er, „brauchst dich nicht zu genieren, ein zauberhaftes Mädchen wie du verdient, angeschaut zu werden".

Zögernd wagte sie aufzuschauen. Wie beider Blicke trafen und Görgel ihre Hand sanft küsste, bekam sie weiche Knie. Ein Prickeln durchströmte ihren Körper, ihre Sinne drehten sich im Kreise. Wie aus der Ferne hörte sie fragen:

„Kommst du am Sonntag früh wieder an diese Stelle? Ich werde hier auf dich warten."

Seine Absicht zu untermauern fügte er hinzu:

„Ich warte bei Sonne oder im strömenden Regen. Und wenn es bis zur Abenddämmerung dauern sollte und ich Wurzeln schlagen muss, ich gehe nicht, bevor ich dich wiedergesehen habe."

Verwirrt brachte Gretchen kein Wort heraus. Sie nickte zaghaft. Man sah es ihr nicht an, doch innerlich war sie aufgewühlt. Stumm schrie sie vor Glück:

„Ja, ja und nochmal ja – und ob ich dich wiedersehen möchte!"

Weniger Begeisterung zeigte ihr Vater. Argwöhnisch beobachtete er das Geschehen am Feldrand.

„Was treibt der Stutzer da mit unserem Gretchen? Will er sie womöglich rumkriegen und zarte Bande knüpfen?"

„Da pass nur auf" meinte der Knecht zum Bauern, „deine Tochter ist 15 Jahre alt und flügge geworden. Bald wird sie einen haben! Aber sie und der Sohn vom Kohlo? Nee, das wird niemals gut gehen!"

Bevor am Sonntag die Sonne aufging, machte sich Georg auf den Weg nach Eckartsberg. An der vereinbarten Stelle setzte er sich ins Gras und wartete. Er schaute zum Himmel. Es schien ein schöner Vorfrühlingstag zu werden, einem Streifzug zu zweit in freier Natur stand also nichts im Wege. Allerdings musste er heimlich von zu Hause wegschleichen. Ein zu langes Warten, und er wäre um den familiären Kirchgang nicht herumgekommen. Dass die Eltern sein Fehlen bemerkten, war unvermeidbar, die abendliche Standpauke ebenfalls. Ähnlich ging es Gretchen. Gleich nachdem sie sich mit Georg am Feldrand verabredet hatte, prasselten Schelte und Belehrung auf sie ein.

„Lass dich bloß nicht mit dem ‚Schönen Görgel' ein", zischte Vater sie an.

Sie ignorierte seine Drohung. Ihr Herz pochte und nicht der Verstand, sondern die Gefühle lenkten an jenem Morgen ihre Schritte. Nur rasch aus dem Hof, hinaus aufs Feld. Dort wartete Georg – nur das zählte!

Als Gretchen Georg am Feldrand sah, rannte sie los und fiel ihm in die Arme.

Georg hakte Gretchen unter.

„Komm, lass uns spazieren gehen. Nur die Sonne und der Gesang der Vögel sollen uns heute begleiten."

Beide konnten weit über die Landschaft blicken. Um diese Jahreszeit war sie ein braun-grüner Flickenteppich, der von seiner sommerlichen Farbenpracht noch wenig ahnen ließ. Sie liefen entlang der Trampelpfade und durch die von Wagenrädern ausgefahrenen Wege; vorbei an Wiesen sowie kleinen und größeren Feldern, die teils frisch gepflügt, teils immer noch brach dalagen. Hand in Hand genossen sie ihre Nähe, tauschten zärtlich Blicke und setzten sich hin und wieder auf die an den Äckern aufgeschichteten Steine. Vor allem Gretchen erzählte aus ihrem Leben, was ihr gefiel und was sie bedrückte. Aufmerksam hörte Georg zu. Ihn amüsierte die offene, unbekümmerte Art des Mädchens. Mit ihren 15 Jahren, so fand er, betrachtete sie vieles noch mit naivem Verstand. Ab und an streichelte er Gretchen über die Arme, die Wange, strich ihr sacht durchs Haar und überhäufte sie mit Schmeicheleien. Gretchen gefiel's und so wanderten beide weiter gen Norden. Vorbei an Herwigsdorf und Oderwitz langten sie am Mittag in Hennersdorf an. Bei einem Bauern kauften sie Brot und frische Kuhmilch. Zufrieden legten sie sich in die warm herabscheinende Sonne und träumten. Nach einer Weile stützte sich Georg auf den rechten Ellenbogen und sah Gretchen ins Gesicht. Langsam, sehr langsam, kam er näher und küsste sie sachte auf den Mund. Gretchen hatte derlei von einem Mann noch nie erlebt, ein zuckersüßer Reiz, der ihren Körper seltsam erregte. Fühlte sich so die Sünde an, vor der Eltern und Pastor sie andauernd warnten? Offen sprach sie Georg darauf an.

„Ach iwo, ein Kuss ist beileibe keine Sünde!"

Er sagte es gelassen, konnte aber seine nunmehr deutlich sichtbare Erregung nicht unterdrücken. Doch er wusste, wollte er auf lange Sicht in den vollendeten Genuss Gretchens Liebe gelangen, kam er um eines nicht herum. Ohne zu bedenken, sprach er in einer plötzlichen Anwandlung:

„Gretchen, ich liebe dich. Meinen Eltern werde ich es gleich morgen kundtun: Ich will dich zur Frau nehmen, dich und keine andere!"

Überglücklich umarmte Gretchen ihren Georg. Er wollte sie heiraten, er, der Sohn des Zittauer Bürgermeisters! Sie konnte es kaum fassen. Auf dem Rückweg schmiegte sie sich an ihn. Sie kamen allerdings nur bis Oberseifersdorf. Dort blieben sie hängen, denn hier spielte heute die Dorfmusik. Die Leute staunten nicht schlecht. Mitten unter ihnen tanzten auf einmal das ‚Schöne Gretchen' und der Zittauer Görgel. Was das wohl bedeutete?

Die Dunkelheit war längst hereingebrochen und das Geschrei auf dem Hof groß.

„Wo kommst du jetzt her, wo in Gottes Namen warst du den ganzen Sonntag?"

Vater Otto packte Gretchen und schüttelte sie, als wolle er die Antwort aus ihr heraussieben.

„Haus, Hof und Felder haben wir vergeblich nach dir abgesucht, Mutter hat sich die Augen ausgeheult!"

Froh, sie wohlbehalten wiederzusehen, liefen alle zusammen und die Bäuerin fiel ihrer Tochter um den Hals.

„Wir hatten schon das Schlimmste befürchtet", schluchzte sie.

Reumütig stand Gretchen da. Ihr war von vornherein klar, dass ihr Verhalten Kummer verursachen würde. Auch ihr kullerten jetzt Tränen über die Wangen. Bereits auf dem Heimweg überlegte sie, wie sie den Eltern ihr heutiges Ausbleiben erklären sollte. Da Margarethe eine ehrliche Haut war, beschloss sie, mit der Wahrheit nicht hinterm Berg zu halten. Nachdem sie mit ihrer Beichte fertig war, starrte Vater sie an:

„Ach nee, heiraten will er dich ... der ‚Schöne Görgel' ... dich!?"

Während die Knechte abwinkten und in ihrem Kabuff über dem Stall verschwanden, stand Mutter wie angewurzelt da und brachte kein Wort heraus.

Zur gleichen Zeit, als auf dem Bauerngut Wiedersehensfreude und Donnerwetter zusammenkamen, lief Georg im Dunkeln nach Zittau. Im Gegensatz zu Gretchen spielte er jedoch nicht mit dem Gedanken, den Eltern reinen Wein einzuschenken, warum auch? Ein Techtelmechtel mit einer Bauerntochter, noch dazu mit der seines Pächters, würde Vater sowieso unterbinden. Gretchen dürfte er dann niemals wiedersehen und das wollte er auf keinen Fall. Letztendlich war der heutige Tag nicht spurlos an Georg vorübergegangen, das Mädchen hatte in ihm Lust auf mehr geweckt. Demzufolge musste eine Ausrede her, die die Eltern nicht misstrauisch machte. Ein ehemaliger Schulfreund aus Schönau, mit dem er noch vor zwei Jahren die hiesige Lateinschule besuchte, fiel ihm ein.

„Den habe ich gestern zufällig getroffen und der hat mich zur Geburtstagsfeier eingeladen."

„Genauso erzähle ich's den Eltern!"

Er beschloss es und stolperte weiter durch die Nacht.

Daheim angekommen, war zum Glück niemand mehr wach, sodass er seine Lügengeschichte erst am Montagmorgen an den Mann bringen musste. Eine Standpauke gab es deswegen nicht. Lediglich der versäumte Kirchenbesuch sorgte für die nachhaltige Ermahnung, ihn beim nächsten Mal nicht zu verpassen.

Um keinen Argwohn zu wecken, kam Georg dieser Aufforderung nach. Während er die Wochentage mit der ihm zugedachten Braut verbrachte, schlich er am folgenden Sonntag erst nach dem Mittagessen weg, um Gretchen zu treffen. In Eckartsberg angekommen, nahm er seinen Mut zusammen und wagte es, auf dem Hof aufzukreuzen. Gretchen freute sich riesig, die Alten aber misstrauten dem ungleichen Verehrer. Erst nachdem er ihnen gegenüber das Heiratsversprechen wiederholte, taute das Eis und sie ließen die Beiden in Ruhe. Natürlich unter Bedingung, dass sie ihre Liebe sittsam ausleben.

„Solange du nicht seine Frau bist, darfst du ihm niemals das Äußerste gewähren", belehrte Mutter ihr Gretchen.

Letztere wusste zwar immer noch wenig über das ,Äußerste', träumte aber bereits von einem Leben als Frau von Kohlo. In einem stattlichen Bürgerhaus könnte sie wohnen und wäre eine angesehene Dame. Womöglich würde ihr Mann künftig ebenfalls zum Ratsherren oder gar Bürgermeister gekürt und sie in die höchsten Kreise Zittaus aufsteigen. Nie mehr müsste sie hart arbeiten, hätte einen zärtlich liebenden Ehemann und ein gutes Auskommen. Ähnlich dachten Vater und Mutter Otto. Sie freuten sich mit ihrer Tochter und darauf, in naher Zukunft mit denen von Kohlo verschwägert zu sein. Sie hofften auf vorteilhaftere Lebensumstände, und wer weiß, vielleicht käme Augustin von Kohlo sogar auf die Idee, ihnen das Bauerngut zu überschreiben. Die Freude wurde umso größer, als sie merkten, wie Gretchen von Woche zu Woche mehr aufblühte. Für sie gab es nur noch einen, und das war Georg. Einzig für ihn hatte sie Augen. Für ihn putzte sie sich sonntags heraus und wartete geduldig, bis er endlich am Hoftor erschien. Schnell sprach sich die neue Liebschaft in Eckartsberg herum. Alle sahen, wie das Paar eng umschlungen durch das Dorf spazierte. Doch statt sich über das neue Glück zu freuen, schüttelten die Älteren befremdet den Kopf. Die noch ledigen Frauen dagegen platzten von Neid und nicht wenige Burschen litten heimlich unter Liebeskummer. Was sie wahrnahmen, war offenkundig. Das arglistige Spiel nicht.

War das die Sünde?

Bauer Otto rieb sich die Hände. Eben schlug die Uhr der Johanniskirche 11 und er hatte an diesem letzten Mittwoch des Monats Oktober gut verkauft. Die Milchbütte war fast leer, die Holzkäfige um zwei Hühner sowie eine Ente ärmer und auch von den Eiern lagen nur noch wenige in der Stiege. Eben kam eine Hausfrau und nahm gleich drei Dutzend davon mit. Der Junge neben ihr hatte es wieder mal nur scheinbar auf die Eier abgesehen. Er lungerte lange am Stand und wog ständig zwei von ihnen mit den Händen.

„Möchtest du sie kaufen", schreckte die Bäuerin den träumenden Burschen auf.

Der erschrak und nickte. Im Grunde wollte er aber weder Ei noch Huhn. Sein Interesse galt ausschließlich Gretchen. Unentwegt starrte er sie an, hoffend endlich einen Blick, vielleicht ein Lächeln, von ihr zu erhaschen. Ertappt, blieb ihm jetzt nichts weiter übrig: Er nahm die Eier und trollte sich. Gretchen indes schenkte ihrem Interessenten keine Sekunde ihrer Aufmerksamkeit. Seit einer halben Stunde schaute sie über den Markt und hüpfte aufgeregt von einem Bein aufs andere.

„Jetzt ist's Zeit, nun müsste er bald kommen", sprach sie zur Mutter.

Am späten Vormittag – das hatte Georg ihr letzten Sonntag versprochen – würde er sie abholen, um ihr das Haus seiner Familie zu zeigen. Die Eltern wären nach Bautzen verreist und an den zwei Dienstmädchen könne er sie unbemerkt vorbeischleusen. Gretchen war überglücklich. Noch nie hatte sie ein Zittauer Bürgerhaus von innen gesehen. Noch dazu ein Haus, in dem sie bald selber wohnen würde. Zugegebenermaßen verwunderte sie, dass Georg den Besuch seiner künftigen Frau geheim halten wollte, aber Liebe macht bekanntlich blind und lässt dem Zweifel keinen Raum. Gretchens Freude war daher ungetrübt, als sie ihren Schatz endlich unter den Marktbesuchern ausmachte. Aus Richtung Rathaus kommend, schlängelte er gewandt durch die Menge und nahm sie in die Arme. Gretchen schwebte auf Wolke sieben und küsste ihn leidenschaftlich. Alle umher bekamen es mit, einige blieben mit heruntergekapptem Kiefer stehen.

„Keine Gottesfurcht, keine Sitten, diese selbstvergessene Jugend", meckerte eine alte Frau und wandte sich entrüstet ab.

Die beiden ließ das kalt, Ohren und Augen hatten sie nur noch füreinander. Georg fragte, ob er das Gretchen für eine Stunde mitnehmen dürfe. Er gedenke, ihr sein Haus zu zeigen. Gretchens Eltern nickten. Was gab es da einzuwenden? Bald würde der junge Kohlo ihr Schwiegersohn. Mit Gottes Segen könnte das Paar dann ohnehin machen, was es will.

Gretchen kam aus dem Staunen nicht heraus. Ein so prächtiges Haus hatte sie noch nie gesehen. Im Gegensatz zu ihrer bescheidenen Bauenkate war das ein Palast. Gerade hatte Georg die schwere Haustür von innen verschlossen, da standen sie in einem geräumigen Hallenflur, von dem mehrere Räume abgingen. Aus dem hinteren Bereich kroch angenehmer Bratenduft in ihre Nase.

„Psst", Georg hielt seinen Zeigefinger an den Mund.

„Die Mädchen hantieren in der Küche, wenn wir leise sind, bemerken sie uns nicht."

Er nahm Gretchen und zog sie die Steintreppe nach oben. Er drängte zur Eile.

„Komm geschwind und hab keine Angst!"

Hastig schob er sie in die Kammer am Ende des oberen Flures.

„Das ist meine Stube, hier wohne und schlafe ich", erklärte er und drehte sich mit weiter Handbewegung um die eigene Achse.

„So viel Platz", Gretchen gingen die Augen über!

In der hinteren Ecke befand sich ein behagliches Bett, gegenüber ein prachtvoll verzierter Schrank. In der Mitte des Raumes stand ein runder Tisch nebst Stühlen und im vorderen Bereich, neben dem gekachelten Ofen, ein Schreibsekretär. An den Wänden hingen schwere Landschaftsgemälde, dazwischen ein Bild mit dem Konterfei ihres

Liebsten. Gretchen lief ans Fenster. Von hier aus konnte sie direkt in den Hof blicken. Sie beobachtete, wie eine der Mägde gerade aus der Küche kam und dreckig braune Brühe auf das Pflaster goss. Ein süßlich fauliger Geruch stieg ihr in die Nase.

„Na ja, so frei, wie die Eltern immer sagen, ist die Stadtluft wohl doch nicht", stellte sie fest. Ihren Gedanken verriet sie nicht. Er war ihr auch egal, denn nur der Augenblick zählte. Georg stand bei ihr, sanft fasste er ihren Hals und küsste sie. Gretchen ließ ihn gewähren. Sie tauchte ab in ihre Gefühle, genoss in vollen Zügen das Spiel seiner Lippen, seiner Zunge, seiner Hände. Tiefer und tiefer glitt Georgs Mund. Er liebkoste ihren Hals, ihre Schultern. Dann löste er das Halsbändchen ihres Kleides und öffnete es Knopf für Knopf. Noch nie hatte ein Anderer ihre nackten Brüste berührt. Und jetzt, wo es geschah, wehrte sie sich nicht. Zu heftig waren die Emotionen, zu tief die Erregung, als dass sie an die Worte Mutters bzw. des Pfarrers denken konnte. Ihr war nicht einmal bewusst, dass Georg sie längst in die Daunendecke seines Bettes drückte. Sie sah ihm ins Gesicht und merkte noch, wie er ihr Kleid mit einem Ruck nach oben zog und zwischen ihren Schenkeln höher glitt. Dann fühlte sie einen kurzen Schmerz und ein wunderbares Gefühl, dass sie nie zuvor erlebt hatte, raubte ihr die Sinne. Wie erschlagen lag Gretchen in Georgs Bett. Langsam kehrten klare Gedanken in ihren Kopf zurück. Aber was war nur mit Georg los? Warum blieb er nicht neben ihr liegen, streichelte und liebkoste sie? Er stand auf, zog selenruhig seine Hose hoch und meinte trocken:

„Es wird Zeit für dich, deine Eltern werden schon warten. Bei uns ist gleich das Mittagessen fertig, ich muss nach unten, komm mit!"

Benommen verließ Gretchen das Haus. Ihr Kopf hämmerte, und so sehr sie sich auch mühte, was eben geschah, konnte sie nicht verstehen. War das am Ende gar die Sünde?

Alle an der Nase herumgeführt

Gretchens Eltern waren ahnungslos. Was in Georgs Kemenate ablief, davon hatte ihre Tochter kein Wort verlauten lassen. Sie wunderten sich lediglich, dass die Besuche Georgs ausblieben. Inzwischen war es bereits Mitte Dezember und raue Herbstwinde rissen die letzten Blätter von den Bäumen. In allen Winkeln war Trübsal angesagt und Gretchen, die den Sommer über so viel Fröhlichkeit versprühte, schien wie ausgewechselt. Jeden Sonntag lief sie in mehrmals zum Tor und schaute den Weg hinunter. Oft tat sie das bis in den späten Nachmittag hinein. Von Mal zu Mal kam sie verzweifelter zurück und Tränen kullerten über ihre Wangen.

„Was bloß ist mit meinem Georg los ...", fragte sie, rannte ins Bett und vergrub ihr Gesicht im Stroh.

„Das muss ein Ende haben", entschied Adam Otto und wollte der Sache auf den Grund gehen.

Der Zittauer Mittwochmarkt am 17. Dezember 1572 schien ihm für seine Nachforschungen bestens geeignet, denn er fand genau eine Woche vor Weihnachten statt. An Besuchern würde es nicht mangeln, darunter an solchen, die über neuste Vorkommnisse in der Stadt trefflich Bescheid wussten. Wohlweislich nahmen die Ottos ihr Gretchen an jenem Tag nicht mit nach Zittau. Damit waren sie gut beraten, denn was sie zu hören bekamen, mussten sie Gretchen in jedem Fall schonend beibringen. Die Leute berichteten, dass es bei der Familie des Bürgermeisters Stunk gegeben hätte. Der Besuch des „Schönen Gretchens' im Hause Kohlo wäre nicht unentdeckt geblieben. Zudem wäre ihr Gretchen nicht die Einzige, mit der der Schöne Görgel flirtete. Augustin von Kohlo hätte daraufhin ein Machtwort gesprochen. Noch vor Weihnachten kündigte er die Verlobung Georgs mit der Tochter seines Ratskollegen Lorenz Heuner an. Dem unchristlichen Lotterleben des Herrn Sohnes, durch das er langsam selbst in Verruf geriete, wolle er ein Ende bereiten.

„Der hat uns alle an der Nase herumgeführt!"

Wütend krachte Vater Ottos Faust auf die grobe Holzplatte des Tisches. Ausgerechnet vor dem Weihnachtsfest kamen solche Hiobsbotschaften! Alle Pläne, die die Familie den Sommer über geschmiedet hatte, alle Hoffnungen auf das Bauerngut und eine gute Partie ihrer Tochter waren wie eine Seifenblase zerplatzt. Der ‚Schöne Görgel' heiratet eine andere, daran gab es für ihn keinen Zweifel. Da konnte Gretchen wimmern und flehen, es würde nichts nützen.

„Dumm zu glauben, ein von Kohlo täte dich heiraten", wetterte Vater und sah Gretchen vorwurfsvoll an.

„Bis stille und lass das Mädel in Ruhe, hast's ja selber geglaubt!"

Mutter zog die hemmungslos Schluchzende tröstend an ihre Brust.

„Verstehst eben nichts von Weibern und Liebe", giftete sie ihren Mann an.

„Papperlapapp", Vater Otto winkte ab.

„Laß uns schlafen gehen, das Vieh blökt beizeiten, wir müssen früh raus!"

Eben ging er aus der Stube, da kehrte er wieder um und belehrte seine Frauen: Aus eigener Erfahrung wisse er, dass aller Kummer im Leben einmal ein Ende hätte und der ‚Schöne Görgel' bald vergessen wäre. Außerdem gäbe es in der Umgebung genug stattliche Burschen, die das Gretchen gern heiraten würden.

„Eine Bauerstochter gehört auf ein Bauerngut, nicht zu den feinen Pinkeln in die Stadt – es reicht!"

Er sprach's und damit war für ihn die leidige Angelegenheit beendet. Das zumindest dachte er ...

Der Sünde folgt Schande

Zunächst schien Vater Otto Recht zu behalten. Weihnachten und der Jahreswechsel gingen ohne Streit vorüber. Der Dezember schickte Frost nebst vielem Schnee ins Land. Zeit für die Ottos, das Erntejahr abzuschließen und das Neue vorzubereiten. Die Familie kümmerte sich um die Tiere. Vater und die Knechte droschen das restliche Getreide, schlugen Holz, reparierten Ackergeräte, Geschirrteile sowie Werkzeuge, während Mutter und Gretchen Besen banden, Körbe flochten, Federn schlissen und Wäsche ausbesserten. Selbst in dieser Jahreszeit standen die Hofbewohner von früh bis abends auf den Beinen. Mithin blieb Gretchen kaum Zeit, ihren Liebeskummer auszuleben. Bald war der Schöne Görgel für sie kein Thema mehr. Fleißig ging sie ihrer Arbeit nach. Manchmal fiel ihr das schwer, da sie von Zeit zu Zeit ein leichtes Unwohlsein plagte. Warum, darüber machte sie sich wenig Gedanken. Erst als sie Anfang März merkte, ihr Unterleib nahm zu und etwas darin drückte und zappelte, kamen dunkle Ahnungen in ihr auf. Besorgt fragte sie ihre Mutter, was das sein könne und zeigte ihr den fülliger werdenden Bauch. Der Schock war gewaltig: Bei Gretchen, weil sie sah, wie ihre Mutter zur Salzsäule erstarrte, bei Mutter, weil sie begriff, welche Schmach bald über ihre Familie kommen würde. Mund und Augen aufgerissen stand sie da, als ob sie der Leibhaftige geküsst hätte. Für Sekunden brachte sie keinen Ton heraus. Nachdem sie halbwegs zur Besinnung gekommen war, rannte sie zu ihrem Mann in den Stall, hämmerte mit den Fäusten gegen seine Brust und schrie:

„Einen Balg … einen Balg hat sie im Bauch … begreifst du … einen Balg vom Görgel, dem verdammten Lumpen! Schande über uns … Schande …!"

Gretchen stand noch auf derselben Stelle, ihre Eltern kamen angerannt, zerrten sie in die Stube und klärten sie auf. Kalkweiß im Gesicht realisierte sie, dass sie im Begriff war, Mutter zu werden. Für ein Bauernmädchen nichts Ungewöhnliches, nur fehlte ihr das Entscheidende: der christlich angetraute Ehemann. Damit wäre das Kind ein Bastard und sie, das Gretchen, in den Augen der Leute eine Hure.

„Kein Mann wird dich mehr wollen und wer soll dich und dein Kind versorgen, wenn wir nicht mehr da sind?"

Mutter redete auf Gretchen ein und malte ihre Zukunft in den schwärzesten Farben.

„Mit dem Finger werden die Leute auf dich zeigen! Höhnen die Burschen und lachen die Mädchen, die dich einst beneideten."

„Mutter, da gibt es nur eins", ordnete Vater Otto an, „du nähst für Margarethe ein weites Kleid, damit niemand ihren dicken Bauch sieht. Erst mal soll keiner wissen, dass unsere Tochter schwanger ist."

So geschah es und die nächsten Monate vergingen in bangem Warten.

Die Rechnung Vaters ging natürlich nicht auf. Allein die Tatsache, dass Gretchen wochentags und sonntags in einem zu großen Kleid umherlief, regte zu Spekulationen an. Bei jedem Schritt sah man ihren Bauch, noch dazu, wenn Wind den Stoff durchwehte. Auch darum verließ Gretchen nicht gern den Hof. Sie mied Kontakte und wenn jemand fragte, bestritt sie, schwanger zu sein. Genauso taten es die Eltern und die zum Schweigen verdonnerten Knechte.

Im Gegensatz zur Absicht heizte das Verhalten der Familie die Gerüchte nur noch mehr an. Immerhin hatte vergangenen Sommer fast jeder das Gretchen mit dem ‚Schönen Görgel' Hand in Hand schlendernd gesehen. Obendrein erinnerten sich die Leute, dass die Ottos herumposaunten, bald mit denen von Kohlo verwandt zu sein. Dass man im Widerspruch zu diesen Ankündigungen den Bürgermeistersohn jetzt nicht mehr sah, machte die Sache verdächtig. Einige erzählten, er wäre seit Kurzem mit einer Anderen verlobt. Würde Gretchen in absehbarer Zeit gar einen Bastard zur Welt bringen?

In der letzten Juliwoche setzten bei Margarethe die Wehen ein. Und als wäre der Schmerz nicht genug, musste sie zusätzlich Schimpfkanonaden über sich ergehen lassen.

„Das ist die Strafe Gottes für deine Sünde", wiederholten ihre Eltern gebetsmühlenartig.

Dessen ungeachtet war alles Geifern, alles Jammern umsonst. Mutter blieb, da sie die Hilfe einer Amme von vornherein ausschloss, nur eines: um das Leben ihrer Tochter zu beten und die Geburtshilfe selbst in die Hand zu nehmen. Sie bereitete das Notwendige vor, legte Tücher bereit, hielt den Küchenofen warm und stellte eine Extraschüssel mit klarem Wasser daneben. Am vorletzten Julitag war es soweit. Vater und die Knechte hatten beim ersten Hahnenschrei ihre Sensen gegriffen und sind hinaus aufs Feld gegangen. In weiten Schwüngen mähten sie die Getreidehalme ab und setzten die Garben ohne die Frauen eigenhändig zusammen. Wie die Tage zuvor taten sie dies in bangen Erwartungen, denn sie wussten nicht, ob sie ihr Gretchen am Abend lebend wiedersehen würden. Natürlich waren sie neugierig auf den bäuerlichen Zuwachs, wenngleich auch von ihnen niemand sagen konnte, wie es mit Gretchen und dem Kind weitergehen sollte. Besonders Hans, der erste Knecht Ottos, dachte oft darüber nach. Er, der herzensgute Kerl, brachte bisher nie den Mut auf, dem ‚Schönen Gretchen' seine Gefühle zu gestehen.

Obwohl gut zehn Jahre älter, hatte er seit Langem ein heimliches Auge auf sie geworfen, selber jedoch nie geglaubt, ihrer würdig zu sein.

„Fremdes Kind hin oder her – vielleicht wäre jetzt die Gelegenheit, beim Bauern um ihre Hand zu bitten?"

Und während er unter der heißen Vormittagssonne nachsann, nahm zu Hause das Schicksal seinen Lauf. In kurzen Abständen setzten die Wehen ein. Derart stark, dass Gretchen ihren Leib krümmte und die Hände in Mutters Arm krallte. Aus eigener Erfahrung wusste Mutter, dass es nun soweit ist. Schnell stellte sie die Wasserschüssel aufs Feuer. Danach hievte sie ihre Tochter auf die Küchenbank, schlug ihr Kleid nach oben und schob ihr ein Leinentuch unters Gesäß. Zum Glück sah Mutter schon bald das Köpfchen des Babys.

„Drück, drück", rief sie ununterbrochen, „es kommt raus, jetzt es kommt raus"!

Da Gretchen schrie wie am Spieß, nahm sie einen hölzernen Kochlöffel und steckte ihn Gretchen quer in den Mund.

„Beiß drauf und schrei nicht, machst ja das ganze Dorf rebellisch!"

Nach einer halben Stunde hatte die Tortur ein Ende. Gretchen hatte einen Knaben zur Welt gebracht. Mutter wusch ihn mit warmen Wasser ab, wickelte das Baby in ein Leinentuch und schlug eine Wolldecke darüber. Sie legte es beiseite und trug das völlig erschöpfte Gretchen ins Bett.

„Moritz soll er heißen", murmelte sie mit letzter Kraft.

„Hol den Pfarrer zu Taufe …"

Dann sackte sie weg und fiel in den Schlaf.

Mutter war froh, dass Gretchen die Geburt glimpflich überstanden hatte. Lange schaute sie ihr ins Gesicht und schüttelte den Kopf. Was das bedeutete, sollte Gretchen schon bald erfahren.

Ein frevelhafter Plan

Gretchen döste bis zum nächsten Tag. Richtig erwachte sie erst, als ihr Mutter das Neugeborene auf den Bauch legte. Kurz angebunden sagte sie:

„Hier, dein Balg! Kümmere dich um ihn!"

Ohne die beiden eines Blickes zu würdigen, verließ sie die Kammer. Langsam kam Gretchen vollends zu Bewusstsein, dass sie ein Kind geboren hatte. Sie war Mutter und hielt ein winziges Menschlein in den Armen. Gestern lebte es noch in ihrem Bauch. In der neuen Welt angekommen, brauchte es jetzt ihren Schutz und ihre Liebe. Sie richtete den Oberkörper auf und zog das kleine in Leinenbündel gewickelte Geschöpf an sich. Bald merkte sie, dass sie ihr Baby irgendwie versorgen musste.

„Es wird ja nicht anders sein, wie bei den Tierkindern im Stall", dachte sie.

Viele Male konnte sie beobachten, wie Neugeborene die Mutter suchten, um Milch zu saugen. Mehr instinktiv als bewusst knöpfte sie ihr Kleid auf, nahm das Köpfchen in die Hand und hielt dem Baby die Brust vor die Nase. Kaum vermochte sie das Gefühl zu beschreiben, als ein kleiner Mund ihre Brustwarze umschloss und gierig daran saugte. Zwar zog das ein bisschen, trotzdem erlebte Gretchen einen der glücklichsten Momente in ihrem Leben. Mit verträumten Augen genoss sie diese Minuten. Doch nicht lange, da platzte ihre Mutter erneut herein. Argwöhnisch betrachtete sie die Szenerie. Gretchen umklammerte erschrocken ihr Kind und fragte sie, wann endlich der Pfarrer zur Taufe käme. Statt einer Antwort nahm Mutter neben ihr Platz. Gretchen ahnte, dass sie böses im Schilde führte.

„Schau Gretchen", begann ihre Mutter ruhig aber bestimmt, „wir haben dir vorher gesagt, dass du das Kind nicht behalten darfst".

Im Kopf völlig vernagelt, meinte sie immer noch, dass außer den Leuten auf dem Hof niemand von Gretchens Schwangerschaft wusste. Weder einen Geistlichen oder anderen Fremden wollte sie in die Geburt einweihen. Alles sollte weitergehen, als ob nichts gewesen wäre.

Gretchen würde auf dem Hof arbeiten, sich später einen Mann suchen und Heiraten.

„Du wirst noch viele Kinder haben, und zwar Legitime, keinen Bastard wie diesen", redete sie auf ihre Tochter ein.

Wiederholt schilderte sie Gretchen, wie unmöglich es ist, mit solch einem Balg vor aller Augen zu leben.

„Morgen in der Frühe bringst du ihn weg", befahl sie.

„Lege ihn irgendwo ab, oder besser noch, drücke ihn im Bach unter Wasser. Das Kind wird nicht merken, wie ihm geschieht, es ist ja noch so klein ..."

In Gretchen ging es drunter und drüber. Musste sie ihr Baby, das sie in Schmerzen geboren hatte, wirklich hergeben, wie es die Mutter verlangte? Sie nahm ihr Kind in den Arm und heulte die ganze Nacht.

„Warum nur warum, ist die Welt so erbarmungslos", wimmerte sie.

Nur weil sie eine Sünde beging, sollte ein winziges Menschlein mit dem Tode bestraft werden.

„Lieber Gott, es ist doch dein Geschöpf, du hast ihm das Leben gegeben, nur du darfst es ihm nehmen! Was, in deinem Namen, soll ich tun?"

Gretchen richtete ihren Oberkörper auf und betete. Eine Antwort bekam sie freilich nicht und so ging sie allein alle Möglichkeiten durch, das Kind zu retten. Angenommen, erstens, sie behielte das Baby und bliebe auf dem Hof. Alle im Dorf erführen dann von ihrem Frevel. Schande käme über sie und ihre Eltern. Alle würden sie auslachen, sie eine Hure schimpfen und mit Steinen bewerfen. Im schlimmsten Fall kaufte ihnen keiner mehr etwas ab, eventuell kündigte man dem Vater sogar das Gut und die Familie wäre gänzlich ruiniert. Ergo fiel diese Variante aus. Vielleicht sollte sie stattdessen fortziehen? Aber wohin, wo Essen, Trinken und Obdach für sich und den Buben finden? Niemand in der Fremde würde sie aufnehmen. Eine wie sie jagte man aus den Dörfern oder wies sie, käme sie vor eine Stadt, bereits an den Toren ab. Die dritte Möglichkeit wäre, nach Zittau vor das Haus der von Kohlos zu laufen und Görgels Eltern reinen Wein einzuschenken. Georg allerdings war verlobt. Eine gewesene Beziehung zu ihrem Sohn, noch dazu ein daraus entstandenes Kind, würde das Bürgermeisterpaar dreist ableugnen. Was blieb ihr folglich übrig? Sie überlegte hin, sie überlegte her, doch eine andere als Mutters Lösung fand sie nicht. Verzweifelt riss sie, wie das erste Morgenlicht durch das Fenster schien, ihren Jungen aus dem Bett, taumelte über die Stiege hinunter und lief zum Tor hinaus. Weit genug von den Gehöften entfernt, parallel zum Dorfbach, rannte sie auf Zittau zu. Einen klaren Gedanken konnte Gretchen in diesem Zustand nicht fassen. Die Gesichtszüge erstarrt, die Augen leer und ausgetrocknet, stolperte sie über Stock und Stein, hockte einmal noch nieder und gab ihrem Sohn wie in Trance die Brust. Dann kam sie an eine Stelle, wo heute der Eckartsbach die Bahnstrecke Zittau – Görlitz kreuzt, und blieb stehen. Krampfhaft presste sie das zappelnde Bündel an ihren Körper. In ihrem Inneren kämpften Gut gegen Böse.

„Nein, nein, nein", rief die eine Stimme, „mach es jetzt", die andere.

Dann, mit einem Ruck, drückte sie das Baby in den Bach. Ihr war, als stände der Teufel hinter ihr.

„Fest, fest, drück es fest hinein", raunte er ihr ins Ohr.

Nach einer Weile aber siegten ihre Muttergefühle, das Gewissen meldete sich.

„Nein, du sollst leben!"

Sie riss das Kind aus dem Wasser und legte es unweit des Baches in einer hohlen Weide ab.

„Hier wird dich bestimmt jemand finden und sich deiner erbarmen!"

Dass der Kleine keinen Mucks mehr von sich gab, konnte oder wollte sie in diesem Moment nicht wahrhaben.

„Nur weg, weg von hier", dachte sie und rannte los.

Sie lief und lief, als wäre der Teufel im Zorn hinter ihr her. Am Vormittag fanden die Eltern und Knechte Gretchen auf dem Hof. Sie lehnte an einer Schubkarre, vollkommen erschöpft und außerstande, ein Wort herauszubringen.

„Sie hats getan!"

Mutter nickte gelassen und ging wieder an ihre Arbeit. Die Männer sahen einander fragend an …

Der Geier auf dem hohlen Stamm

„Zeit wird's für's Mittagbrot!"

Die Sonne brütete vom Himmel und Bauer Matthes wischte sich die Schweißperlen von der Stirn. Er arbeitete mit seiner Frau allein auf dem Feld, entsprechend mühsam ging es voran. Die Hälfte des Getreides stand noch auf dem Halm und sie mussten sich beeilen, wollten sie bis zum Abend fertig werden. Nur kurz sollte die Pause sein, zum Glück brachte ihr kleiner Sohn zum rechten Zeitpunkt das Essen. Er stellte es zusammen mit der Wasserkanne am Feldrand ab, sah hinüber zum Bach und zeigte auf einen abgebrochenen Baumstamm.

„Schaut mal da drüben, der Geier!"

Der Vogel hockte auf dem hohlen Stamm und schlug immerzu mit dem Schnabel hinein.

„Ist wohl ein totes Tier drin", meinte sein Vater und lief hin, um nachzusehen.

Der Geier flog weg, Matthes hatte freie Bahn und brach ein Stück der morschen Rinde ab. Er stieß einen Schrei aus.

„Grauenhaft, komm schnell", rief er zur Frau, „und bring das Säckchen vom Mittagsbrot mit"!

„Und du bleibst dort, wo du warst", herrschte er seinen Sohn an, der voller Neugier herangefegt kam.

Im Unterschied zu ihrem Mann brachte die Frau beim Blick in den Stamm keinen Ton heraus. Der Bauer musste sie festgehalten, sonst wäre sie umgefallen. Was sie zu sehen bekam, überstieg das für sie Zumutbare. Im Baum lag ein kleines Kerlchen. Die um es gewickelten Leinentücher hatte der Geier zerrissen und seine Äuglein bereits ausgehackt. Der Mund stand sperrangelweit offen. Behutsam hob der Bauer das Baby hoch und steckte es in den Sack.

„Ihr bleibt hier", wies er Frau und Sohn an.

„Ich laufe nach Zittau und melde den Fund im Rathaus."

In der Gerichtsstube des Rathauses herrschte an diesem Sonnabend beschauliche Ruhe. Wie Matthes mit dem Sack hereinplatzte und ein totes Baby auf den Tisch legte, war es damit vorbei. Der anwesende Diener schlug die Hände über dem Kopf zusammen.

„Schon wieder ein Kindsmord!"

Er schickte nach Joachim von Milde, dem Stadtrichter, und ließ alle verfügbaren Leute zusammentrommeln. Sofortiges Handeln war geboten, bevor die Täterin bzw. der Täter Spuren verwischen konnte. Nachdem er im Rathaus angekommen war, fuhr Milde gemeinsam mit dem Ratsherren Nikolaus von Dornspach sowie den Gerichtsdienern zum Fundort. Ihre erste Annahme, das Kind wäre in Eckartsberg zur Welt gekommen, erwies sich als richtig. Sie schickten die Büttel los. Sie sollten von Hof zu Hof laufen und fragen, welche der hiesigen Weiber in den letzten Tagen entbunden hätte. Zunächst stießen sie auf Barbara, die Ehefrau des Bauern Petrich. Diese half gerade im Stall beim Ausmisten der Schweinekoben. Ihren putzmunteren Säugling trug sie dabei geschnürt auf dem Rücken – also Fehlanzeige! Doch schon der zweite Hinweis führte genau ins Schwarze, ausgerechnet zum Pachthof des Zittauer Bürgermeisters Kohlo. Das Schöne Gretchen wäre schwanger, sagten die Leute. Verbergen wöllte sie's, aber jeder hier wüsste Bescheid. Nach einer halben Stunde Fußmarsch kamen die Männer dort an. Sie fragten nach der werdenden Mutter bzw. dem neugeborenen Säugling, ernteten aber Kopfschütteln.

„Ein Baby bei uns, wer sollte das bekommen haben?"

Mutter Otto lachte gezwungen, erschrak aber sichtlich, als die Gerichtsdiener sie direkt auf ihre Tochter ansprachen. Was folgte, ging schnell. Das herbeigezerrte Gretchen wusste nicht, wie ihr geschah. Sie stand noch unter Schock und gab ohne Umschweife zu, ihr Kind heute früh in einem Baumstamm abgelegt zu haben.

„Ich wollte nur, dass es jemand findet und sich seiner annimmt."

Gretchen brach heulend zusammen. Auf die Frage, wer ihr bei der Geburt geholfen habe, stammelte sie:

„Meine Mutter hats rausgeholt."

Den Gerichtsdienern reichte das. Rasch banden sie beiden Frauen die Hände auf den Rücken und stießen sie vom Hof. Da sowohl der Leichenfund, wie auch die Suchaktion der Zittauer Gerichte wie ein Lauffeuer durchs Dorf gingen, waren die Leute im Bilde und standen

Gerichts 16. Jahrhundert

bereits vor ihren Toren. Selbst von den Feldern kamen einige Männer. Sie unterbrachen ihre Arbeit, um das Schauspiel mit anzusehen.

„Gretchen, ach Gretchen, dass es soweit mit dir kommen würde, hätte ich nicht gedacht!"

Nachdenklich sah Caspar, der Sohn des Bauern Neibel, dem Tross nach. Er gehörte zu den vielen, die noch bis vor einem Jahr auf Schöngretchens Liebe hofften.

„Auch die blonden Haare und dein schönes Gesicht haben aus dir nichts Besseres gemacht. Aus einer Bauerstochter wird keine Edelfrau, so ist das nun mal", murmelte er, schulterte seine Sense und lief wieder hinaus auf den Acker.

Gretchen hätte ihm eine gute Frau werden können, doch dafür war es ein für alle mal zu spät!

Die leidige Sache wird unter den Tisch gekehrt

In Zittau sperrten die Büttel Gretchen nebst ihrer Mutter in unterschiedliche Zellen des Stockhauses. Gleich am Montagvormittag führte man sie vor das Stadtgericht. Befragt, ob sie gestehe, ihr Kind umgebracht zu haben, bekannte Margarethe, ihr Baby unter Wasser gedrückt, dann aber entschieden zu haben, es in einem hohlen Baumstamm abzulegen. Auf die Frage, ob sie gemerkt habe, dass ihr Kind zu diesem Zeitpunkt bereits tot gewesen sei, sackte Gretchen zusammen und bekam einen Weinkrampf. Die Diener mussten sie zurück in ihr Verlies schleifen. Anderen tags ließ Gretchen alles über sich ergehen. Teilnahmslos starrte sie ins Leere. Aschfahl im Gesicht, das Haar zottig, konnte der Vernehmer Joachim von Milde kaum noch etwas von ihrer früheren Schönheit erkennen.

„Der Vater des Kindes", erklärte Gretchen dem Gericht, „kann nur Georg von Kohlo sein. Ich habe ihn sehr geliebt und mit ihm gesündigt".

Entschuldigend fügte sie hinzu:

„Er hatte mir die Ehe versprochen."

„Soso, der Georg von Kohlo."

Joachim von Milde räusperte sich und sah fragend in die Runde. Jetzt wurde ihm klar, warum der Bürgermeister es vehement ablehnte, der Vernehmung beizusitzen. Besagter Aussage nach wäre er nämlich der Großvater des ermordeten Jungen. Um das zu bestätigen, lud das Gericht Georg von Kohlo vor. Wie zu erwarten, bestritt dieser die Vaterschaft. Er habe das Schöne Gretchen ein paar Mal besucht. Aber nicht seine Wenigkeit, sondern sie hätte ihn umgarnt. Wie er bald gemerkt haben will, umwarben mehrere Burschen das Mädchen. Denen soll sie sündig näher gekommen sein. Ein Wunder wäre das nicht, konstatierte er, schließlich sei ihre Schönheit meilenweit in aller Munde gewesen.

„Als ich mitbekam, dass sie eine Dirne war, habe ich die Liebelei mit ihr beendet", log er frech in die Runde.

Und ein Hochzeitsversprechen hätte es im Übrigen nie gegeben.

„Das geben Margarethe und ihre Eltern nur an, um das neu geborene Hurenkind zu legitimieren", sagte er.

Wem das Gericht glaubte, darüber entschied in diesem Fall nicht die Wahrheit. Die Herren des Zittauer Rates waren untereinander versippt und verschwägert. Gegenseitige Bezichtigungen blieben demzufolge tabu. Vielmehr ging es jetzt darum, die leidige Sache geschwind zu beenden und die Fakten unter den Tisch zu kehren. Das Gericht wollte die alleinige Schuld der Margarethe Otto in die Schuhe schieben. Aus diesem Grund musste es dem Volk ein rasches Urteil präsentieren. Nach eingehender Beratung schlug Richter Milde vor:

„Sie muss dasselbe Schicksal erleiden wie ihr Kind. Der Henker soll sie ertränken."

Solch eine Bestrafung entspräche der Rechtspraxis, begründete er den Vorschlag.

„Bedenken wir, dass Margarethe Otto ein gottesfürchtiges Mädchen war, so ist die Todesart human und angemessen."

Seinen Widersacher fand Milde in Nikolaus von Dornspach. Die Zittauer erlebten diesen Ratsherren nicht selten als herz- und rücksichtslosen Menschen, der vornehmlich in Strafsachen brutal durchgriff. Auch diesmal plädierte er dafür, mit Margarethe Otto hart ins Gericht zu gehen und ein Exempel zu statuieren. Er forderte, die schändliche Kindsmörderin ohne priesterlichen Beistand lebendig begraben zu lassen und ihr danach einen Pfahl ins Herz zu rammen.

Die Gerichtsherren wiegten die Köpfe. Sie kannten diese Praxis. Sie stammte aus der Carolina, der Halsgerichtsordnung Karls V. Sie wussten aber, dass sie die Strafe laut königlicher Order nicht mehr anwenden durften.

„Die Verordnung des Landesherrn gilt nicht für uns", argumentierte Dornspach.

„Wir leben in der Oberlausitz. Hier gilt böhmisches Recht lediglich als Hilfsrecht."

Trotz erheblicher Bedenken folgten die Beisitzer Dornspachs Forderung. Dessen Wort hatte Gewicht, denn er gehörte zu jenen Ratsherren, die im jährlichen Wechsel das Amt des Bürgermeisters ausübten. Sie fällten das Urteil in seinem Sinn. Gretchens Schicksal war damit besiegelt!

Mit erhobenem Haupt in den Tod

Seit Tagen hockte Gretchen angekettet in ihrer kahlen Zelle. Den Richterspruch hatte sie gehört, teilnahmslos starrte sie auf die gegenüberliegende Mauer. Das hingeschobene Brot und Wasser stand an diesem Morgen unberührt neben ihr. Wieder und wieder zog das Leben an ihrem inneren Auge vorbei, klarer und schöner, als sie es bisher wahrgenommen hatte. Sie sah den elterlichen Hof in weichen Farben schimmern und hörte die Tiere im Stall rufen, geradeso als plage sie die Sehnsucht nach ihr. Sie vernahm Vaters und Mutters liebende Stimme und genoss den Geruch der Wiesen, der reifen Felder sowie den Atem des Sommers. Jetzt sah sie auch Hans, den Knecht, wie er sie bei jeder Gelegenheit lieb anschaute und die unzähligen Burschen, die ihr Tag für Tag verstohlene Blicke zuwarfen. Ein sanftes Lächeln huschte über ihre Lippen. Doch nicht lange, da erschien Georgs satanische Fratze vor ihrem Gesicht. Es war der Moment, in dem er die Sünde an ihr vollzog und sie mit ihren Gefühlen alleinließ. Am Ende ihrer Reminiszenz hielt sie jedes Mal ihr Baby in den Armen. Das strampelnde Ding, das soeben mit Mühe aus ihr herausgekrochen war, mit dem sie sich trotz allem sorgevoll verbunden fühlte.

Maximilian II.

„Warum nur", schien es zu fragen.

„Ja, warum nur ...?"

57

Schon krachte zweimal das Schloss und zog den schweren Riegel aus seiner Verankerung.

Die Tür flog auf, herein traten fünf Männer, an der Spitze Stadtrichter Joachim von Milde. Er verlas noch einmal das Urteil und bedeutete Margarethe, jetzt mit dem Leben abzuschließen. Ein Priester stände ihr laut Richterspruch nicht zu. Deshalb würden die Herren für ein paar Minuten hinausgehen, damit sie allein beten könne. Wie es nach dem Irdischen mit ihr weitergänge läge ausschließlich in Gottes Hand.

Ein richtiges Gebet war es nicht, dass Margarethe in den letzten Minuten ihres Alleinseins sprach. Sie wusste, die Henkersknechte werden sie im Anschluss zum Spott der Leute durch die Gassen der Stadt karren. Was danach käme, wäre ein kurzes Leiden, vielleicht ein heftiger Schmerz, dann wäre das Leben vorbei. Sie wollte jetzt nur noch an ihren Sohn denken, alles andere aussperren und vergessen.

„Verzeih mein Junge und warte auf mich", flüsterte sie.

„Wenn Gott ein Guter ist, werde ich dich bald wiedersehen, kann dich drücken, sanft wiegen und Abbitte leisten".

Kaum hatte Gretchen ihren Gedanken zu Ende gebracht, da stürzten die Büttel erneut herein. Sie packten Gretchen, schnitten ihr die Haare ab und warfen sie auf einen zweirädrigen Karren. Gleichgültig ließ sie es geschehen – es berührte sie nicht mehr. Auch als die Menschen am Straßenrand Hure, Mörderin, Teufelsbraut schrien und sie mit Unrat bewarfen, blieb Gretchen stark. Sie nahm keine Notiz von ihnen. Verfangen in ihrer Fantasie, schaute sie stur in den Augusthimmel. Sie sah Wolken und Vögel ziehen, genoss in Gedanken noch einmal den Moment, in dem Mutter ihr das Baby auf dem Bauch legte. Sie fühlte, wie es begann an ihrer Brust zu saugen und nach Leben gierte. Weit entrückt ließ Gretchen sich fallen, bis der Tross anhielt. Jäh rissen ihre Begleiter sie vom Wagen und verbanden ihr die Augen. Gerade noch konnte sie sehen, dass der Richter nicht weit vom Galgen eine Grube hat ausheben lassen. Daneben lag ein sechs Ellen langer, einseitig angespitzter Holzpfahl sowie ein mächtiger Hammer. Um den Richtplatz warteten etwa 200 Leute, die das Schauspiel begaffen wollten. Wie der Mob der Kindsmörderin gewahr wurde, fing er an zu brüllen.

Die unflätigsten Schimpfworte und Schmähreden ergossen sich über Gretchen. Im Gegensatz zu eben, war sie hellwach und dachte daran, was sie sich geschworen hatte: Erhobenen Hauptes lief sie von zwei Männern flankiert kerzengerade, bis man ihr befahl, stehen zu bleiben. Ihre Nerven waren aufs Äußerste gespannt, ihr Puls raste, doch kein Ton, kein Jammerlaut kam über ihre Lippen. Lange musste sie nicht warten: Jemand stieß sie vor die Brust, sie fiel und schlug rücklings auf den Boden der Grube. Nur noch aus der Ferne vernahm sie die Schreie „zuschütten, zuschütten".

Dann flog Dreck von zwei Seiten über sie. Mund und Rachen füllten sich mit Erde, jeder Atemzug war mühsam, wurde zur Qual. Dann spürte sie den schweren Pfahl auf ihrer Brust und vernahm einen Hammerschlag. Die Zuschauer draußen hörten, wie Gretchens Rippen brachen. Dieser Schmerz allerdings blieb ihr erspart – ihr Herz war zerschmettert, es hatte aufgehört zu schlagen ...

Trauet nicht den Rosen eurer Jugend,
Trauet, Schwestern, Männerschwüren nie!
Schönheit war die Falle meiner Tugend,
Auf der Richtstatt hier verfluch ich sie! –
Zähren? Zähren in des Würgers Blicken?
Schnell die Binde um mein Angesicht!
Henker, kannst du keine Lilie knicken?
Bleicher Henker, zittre nicht!

Auszug: Friedrich Schiller, Die Kindsmörderin

Nachspiel

Gretchens Tod zog weite Kreise. Neben der Trauer über den Verlust ihrer Tochter, herrschte auf dem Hof der Ottos Endzeitstimmung. Lustlos verrichteten die Knechte ihre Arbeit. Ihnen, wie auch dem Bauern war klar, dass der Hof das Jahr 1573 nicht überstehen wird. Gretchens Arbeitskraft fehlte und ihre Mutter musste laut Urteil am

20. Oktober die Stadt, mithin das Ratsdorf Eckartsberg, für alle Zeit verlassen. Für sie kam das einem Todesurteil gleich. Wo sollte sie mit ihren fast 40 Jahren hin? Sie war eine alte Frau und niemand käme auf die Idee, sie zu beherbergen, geschweige denn, als Magd einstellen. Außerdem mieden die Dorfbewohner den Hof und Bauer Otto konnte sicher sein, dass ihm der Pächter den Vertrag kündigen würde. Allein aus wirtschaftlichen Gründen war das vorauszusehen. Wenig Trost dürfte dabei gewesen sein, dass auch die Stadt Zittau ihr Fett wegbekam. Als nämlich im fernen Prag der böhmische König und Kaiser des Heiligen Römischen Reiches Maximilian II. erfuhr, welch unangemessene Härte der Zittauer Rat im Fall der Kindsmörderin Margarethe Otto angewandt hatte, zürnte er.

„Hat die Zittauer der Teufel geritten, unsere Verordnungen zu missachten?"

Er war mit Recht ungehalten, denn die Oberlausitz gehörte zu Böhmen und die Zittauer Gerichtsherren hätten gut daran getan, den Willen ihres Landesherren zu beachten. Der wollte mit der brutalen Praxis seines Onkels Schluss machen und verbot das bei Karl V. übliche lebendige begraben und Pfählen von Kindsmörderinnen. Stattdessen sollten Henker sie ‚nur' ertränken und in besonders harten Fällen vorher mit glühenden Zangen zwicken dürfen. Allerdings führte Nikolaus von Dornspach bei der Urteilsfindung richtig ins Feld, dass die Oberlausitz weitgehend autonom agierte, somit böhmisches Recht nur als Hilfsrecht gelte.

„Nichts da", setzte Maximilian dem entgegen, „das Zittauer Gericht wäre verpflichtet gewesen, den Landvogt oder die Appellationskammer in Prag um Rat zu fragen".

Die Rache des Königs traf die Stadt hart. Der Landesherr entzog ihnen die Obere Gerichtsbarkeit. Demzufolge durfte das städtische Gericht künftig keine Strafen mehr aussprechen, die körperliche Verstümmelungen oder den Tod nach sich zogen. Fälle wie Mord, Totschlag, Hexerei, Raub oder beispielsweise schwerer Diebstahl, der das Abschlagen einer Hand erforderte, mussten die Zittauer zukünftig nach Prag abgeben. Ein unhaltbarer Zustand, der Zeit, Aufwand und Geld kostete. Erst Jahre später (wahrscheinlich um 1580) gelang es der Stadt, diese Gerichtsbarkeit teuer und mit dem Versprechen auf Besserung zurückzukaufen. Die Ursachen der Zwangslage eheloser Mütter waren damit freilich nicht beseitigt. In Mitteleuropa dauerte es noch Jahrhunderte, bis sie, wie heute, ein annähernd gleichberechtigtes Leben führen konnten.

Tödliche Liebesqual

◦◦◦◦◦

Batsch!

„Was zum Teufel war das? Hatte mir da jemand ins Gesicht gegriffen?"

Schlaftrunken schaute Christian in den dunklen Raum. Ihm schien, als wäre soeben eine Gestalt unter dem Bett hervorgekrochen und am Fußende zur Tür hinausgehuscht. Das Hemd über den Arm, hielt sie die Hose am Bund zusammen.

„Eine fremde Mannsperson in Maroses Zimmer?"

„Ach woher, ist bestimmt nur ein böser Traum."

Er drehte sich auf die Seite und nickte bald darauf wieder ein. Dass neben ihm seine Braut erleichtert ausatmete, bemerkte Christian nicht.

„Ist wohl gestern spät bei dir geworden – ich nahm an, du kommst nicht mehr!"

Marose stellte die große Kaffeekanne auf den Tisch. Mit versteckt vorwurfsvollem Blick sah sie Christian an. Was sie meinte, sollte niemand mitbekommen, denn heute, am Sonntagmorgen, saß die gesamte Mannschaft der Großschönauer Niedermühle beim Frühstück zusammen: Müller Fabian und dessen Frau, der Müllerbursche (im Ort nur ‚Der Mühlsche' genannt) sowie die Magd Marie Rosine (Marose) Wagner. Ihr Bräutigam Christian Friedrich Helle durfte dabei sein. Er stammte, wie seine Braut, aus dem benachbarten Bertsdorf und alle hier kannten ihn. Weil jeder wusste, dass er die Marose bald heiraten wollte, gehörte er quasi mit dazu. Gestern war er, wie so oft nach vollbrachter Arbeit, über den Berg hierher nach Großschönau gelaufen, um bei seiner Liebsten zu sein. Da Sonnabend war und der Nachmittag frei, kehrte er aber noch schnell beim Fleischer Härtig auf einen Branntwein ein. Doch wie es nun mal war, steckte der Teufel im Detail – in diesem Fall im Alkohol und Kartenspiel. Aus dem ‚Schnell' wurde ein ‚Lang', erst kurz vor Mitternacht kam er bei der Mühle an. Er polterte die Treppe hoch in Maroses Mägdekammer und fiel beduselt neben ihr ins Bett.

Nach der eben von Marose gemachten Anspielung nahm er mit gesenkten Augen ein Stück Kuchen vom Blech. Der Vorfall war ihm peinlich, er wollte über Gestern keine großen Worte verlieren. Stattdessen kreisten seine Gedanken nur um die eine für ihn entscheidende Frage:

„Gehörten die Hand auf meinem Gesicht sowie das Nachtgespenst zu einem Traum, war es der Branntwein oder handelte es sich tatsächlich um einen Nebenbuhler, von dem ich keine Ahnung habe?"

Marose schreckte ihn auf.

„Christian hör auf zu dösen, es wird Zeit, wir müssen gehen!"

Marose hatte Recht, die Zeiger der Uhr standen schon auf halb Neun. Beide wollten ja rüber nach Bertsdorf, zu ihrer Schwester Martha Stürmer laufen. Nicht nur Marose wohnte dort, auch Christian hatte sich in der Kammer seiner Braut eingenistet. Demzufolge sollte ihr sonntäglicher Kirchgang an diesem 30. April 1825 nicht in Großschönau, sondern im heimischen Bertsdorf stattfinden.

Der Wurm der Liebesqual

Der Bertsdorfer Pfarrer kannte die beiden gut. Er tolerierte ihr ‚wildes' Zusammenleben, weil sie ihm bei jeder Gelegenheit hoch und heilig versprachen, bald den christlichen Bund der Ehe einzugehen. Er akzeptierte es auch deshalb, weil er über das Schicksal Christian Helles bestens Bescheid wusste. Mit 30 Lenzen war dieser nicht mehr der Jüngste und konnte von Glück reden, eine so liebe Frau, wie die Marie Rosine an seiner Seite zu wissen. 22 Jahre jung und robust gebaut, bescheinigte ihr jeder Dienstherr, gehorsam, fleißig und treu ihre Pflichten zu erfüllen. Und genau wie Marose ihre Arbeit verrichtete, hatte sie auch Christian im Griff. Zudem war sie es, die zur Hochzeit drängte. Ja sie wollte ihn heiraten, obwohl ihr klar war, dass ihr Zukünftiger nicht gerade zu den Privilegierten in Bertsdorf gehörte. Sicher, die Mehrheit der Burschen im Dorf stammte aus einfachen Verhältnissen, doch Christian hatte es besonders schwer. Schon sein Vater brachte es im Leben nicht weit. Aufgrund mangelhafter Einstellung zur Arbeit war er ein armer Mann geblieben, der kaum die Familie durchzubringen vermochte. Er schickte die Kinder von Tür zu Tür und ging selbst oft betteln. Das Ansehen der Helles rangierte bei den Leuten weit unten. Gleichwohl erregte das Schicksal der Kinder Mitleid und so fand der kleine Christian frühzeitig bei verschiedenen Bauern Arbeit als Kuhhirte. Eigentlich sollte er ab dem 8. Lebensjahr zur Schule gehen. Daraus allerdings wurde höchstens in den Wintermonaten etwas. Ohne Besitz, ohne Erbe und kaum, dass er lesen und schreiben konnte, blieb Christian nicht mehr als das Leben eines Knechtes vorbehalten.

Ob deshalb die kommenden Ereignisse für Christian Helle ein Fluch oder Segen waren, lag im Auge des Betrachters. Im Mai 1813 jedenfalls traf es ihn, und man hob ihn zum sächsischen Militär aus. Im Grunde konnte er dabei noch von Glück reden, denn Napoleons gescheiterter Russlandfeldzug, an dem auch sächsische Soldaten teilnahmen, war gerade vorüber. Tausende Soldaten, darunter sein Bruder, hatten dort ihr Leben gelassen. Es waren herbe Verluste, nach denen der sächsische König dringend frische Rekruten benötigte. Da er den Offizieren wegen seiner jahrelangen Hüte – beziehungsweise Stallarbeit im Umgang mit Kühen und vor allem Pferden bestens bewandert schien, steckten sie ihn in ein Artillerie-Train-Bataillon. Durch die Kinderjahre erstaunlicherweise nicht aggressiv, eher ruhig und duldsam geprägt, bereitete ihm das Soldatsein wenig Probleme. Dazu stand er ab jetzt in festem Lohn und Brot und musste nicht mehr bei örtlichen Bauern um Arbeit betteln. Dennoch: Obwohl er von vorderster Front verschont blieb, waren die ersten Militärjahre für ihn kein Zuckerschlecken. Tag und Nacht zog er bei Wind und Wetter auf Landstraßen umher, plagte sich mit Pferden ab und schleppte schweres Gerät. Manchmal geriet der Tross auch unter feindlichen Beschuss und er hatte Tiere sowie Equipage bei Einsatz seines Lebens in Sicherheit zu bringen. Schließlich kam der Frieden ins Land und damit hatte für Christian der Stress ein Ende.

Doch das Kriegsende brachte für Christian Helle nicht zwangsläufig die Entlassung aus dem Militärdienst. Er blieb Soldat, nur schickten ihn die Vorgesetzten jetzt mangels Verwendung in den Urlaubsstand. Das hieß, die Armee holte ihn nur ein bis zwei Mal im Jahr, wenn Übungen und Höhepunkte anstanden. Ansonsten durfte er zu Hause bleiben, unterstand aber weiterhin den Militärgesetzen. Allerdings erhielt Christian zu seinem Leidwesen während des Urlaubs keinen Sold. Ihm blieb also nichts anderes übrig, als sich wieder als Knecht zu verdingen. Lange Zeit diente er bei Elias Hüttig, einem Bauern in Bertsdorf, danach beim Richter Göhle in Großschönau. Im Jahre 1820 landete er schließlich bei Johann Friedrich Neumann, dem der Kretscham in Bertsdorf gehörte. Damit war letzterer nicht nur Bauer und Wirt, sondern ebenso Erbrichter des Ortes. Für Christian hatte das insofern Bedeutung, dass Neumann nicht zu den Ärmsten zählte und ihn gut bezahlte. Entscheidender für sein Schicksal war vielmehr, dass 1821 eine gewisse Marie Rosine Wagner ebenfalls in den Dienst des Ortsrichters trat. Mit ihren knackigen 18 Jahren fand Christian sie zum Anbeißen süß. Er erblickte sie zum ersten Mal im Stall. Sie molk eine Kuh und erschrak, als plötzlich neben ihrem Schemel jemand anfing, den Stallmist auszukratzen. Die Zwei schauten einander an und verliebten sich. Wundern tat's niemanden, denn sie passten zusammen wie zwei alte Latschen. Keiner von beiden war ein Freund großer Worte. Still und fleißig verrichteten sie ihre Arbeit und gab es Ärger, blieben sie lieber abseits. Überhaupt verbrachte das Paar viel Zeit miteinander: während der Arbeit bei sich bietendenden Gelegenheiten im Stroh und abends bei Maroses älteren Schwester Martha Stürmer. Was folgte, konnte jeder bald sehen – auch Richter Neumann. Er behielt Marie Rosine noch solange in Arbeit, wie es ging, dann entließ er sie. Sollte gefälligst der werdende Vater Sorge für sie und das Kind tragen. Heiraten musste er seine Geliebte jetzt sowieso!

Das fand auch der Pfarrer von Bertsdorf. Jeden Sonntag beredete er Marose und Christian, endlich das Aufgebot zu bestellen. Die beiden sahen die Notwendigkeit zu heiraten sogar ein. Ihr Treiben ohne Trauschein war sittenwidrig und unchristlich, noch dazu wenn

Nachwuchs in Sicht war! Sie hörten schon die Leute reden, denn ein Kind außerhalb der Ehe wäre illegitim. Die Nachbarn würden es nur scheel ansehen. Selbst im späteren Leben hätte es viele Nachteile. So einfach allerdings ging das mit der Hochzeit nicht. Christian diente bei der sächsischen Armee und brauchte zum Heiraten eine Genehmigung. Wegen mangelnder Schreibkenntnisse des Bräutigams setzte der Pfarrer für ihn das Gesuch auf. Einige Tage danach kam die Antwort: Das Militär lehnte das Ansuchen ab. Aus der Trauung wurde nichts und so gebar Marose im Jahre 1823 eben ein uneheliches Mädchen. Dem Paar schien eine schwierige Zeit bevorzustehen. Marose stand ohne Einkommen da und Christian hätten seine kleine Familie vom kargen Knechtschaftslohn durchbringen müssen. Bedauerlicherweise starb das Baby jedoch 14 Tage nach der Geburt. Es mag pietätlos klingen, aber für das Paar lösten sich damit alle Probleme in Luft auf. Marose fand Anfang Februar 1824 eine Anstellung im benachbarten Großschönau beim Besitzer der Niedermühle Karl Benjamin Fabian. Der Nachteil: Das Liebespaar kam nun nicht mehr jeden Tag zusammen. Am Wochenende nahm entweder sie oder er den rund eine Stunde dauernden Fußmarsch über den Berg in Kauf. Sie taten es gern, denn nach wie vor liebten sie einander. Um beisammen zu sein, schien ihnen kein Hindernis zu groß.

Da Marose die Woche über in der Gesindekammer der Fabianmühle schlief, blieb ihr Bett im Haus der Stürmers leer. Christian nutzte die Gelegenheit. In Ermangelung einer ordentlichen Bleibe, zog er kurzerhand dort ein. Maroses Schwester und vor allem ihr Mann hatten nichts dagegen, denn auch er schätzte den Bräutigam seiner Schwägerin als stillen, friedlichen Zeitgenossen. Eines aber fiel dem Eheleuten auf: Christian Helle war dem Alkoholgenuss nicht abgeneigt, insbesondere dem Branntwein. Hin und wieder kam er spätabends angetrunken nach Hause.

„Eine alte Soldatenkrankheit", meinte Stürmer, „das gibt sich, wenn er erst fest in Maroses Händen ist".

Sie machten sich darüber keine weiteren Gedanken. Christian Helle schon, zumindest was den Soldatenstand betraf. Er wollte endlich seine Marose heiraten. Soldat hin, Soldat her, die meiste Zeit war er sowieso zu Hause und arbeitete als Knecht beim Richter Neumann. 11 Jahre hatte er nun gedient, es war an der Zeit, die Rekrutenstiefel an die Wand zu hängen. Er reichte die Entlassung ein und erhielt zum 24. August 1824 den ehrenvollen Abschied. Die Vorgesetzten bescheinigten ihm, sich zu Land und zu Felde stets zur Zufriedenheit der Offiziere betragen zu haben. Etwas kaufen konnte sich Christian von dieser Beurteilung freilich nicht. Das Geld blieb knapp, noch dazu er nach Feierabend einen Teil seines Lohnes in diversen Schenken des Dorfes versoff. Daher wunderte es niemanden, dass, als am 2. Februar 1825 das Paar zu Lichtmess das Aufgebot bestellen wollte, das Geld nicht reichte. Es langte auch an Ostern nicht und so verschoben beide die Aktion auf Pfingsten.

„Dann aber wird geheiratet!"

Christian war fest entschlossen, denn er arbeitete jetzt beim Bauern und Gerichtsmann Elias Hüttig, der ihm ein paar Groschen mehr für seine Arbeit zahlte.

„Im Mai haben wir genug Geld und du kommst rüber zu mir nach Bertsdorf", meine Christian zu Marose.

Was ihm entging: Marose zog von Mal zu Mal einen längeren Flunsch, schwenkte das Gespräch auf dieses Thema, Christian blieb arglos. Erst nachdem ihm im ‚Traum' ein ‚Gespenst' ins Gesicht gegriffen hatte, kamen Zweifel in ihm auf.

„War ihm die Braut noch treu?"

Ein Wurm begann in seinem Kopf zu nagen. Ein schrecklicher Wurm: der Wurm der Liebesqual.

Das geplatzte Aufgebot

Christian versuchte, dagegen anzukämpfen. Er tat, was viele von diesem Biest heimgesuchte Männer machten – er suchte Rat und Trost beim Bruder Alkohol. In den Kriegsjahren 1813-15 hatte man ihn den windigen Gesellen oft an die Seite gestellt. Und in der Tat: Er verstand es, Mut zu machen und half ihm über manchen Schrecken hinweg. Auch diesmal wusste er zu helfen. Mitte Mai saß Christian wieder einmal in der Branntweinschenke und der Wirt stellte ihm das fünfte Viertelchen hin. Christian machte ein Auge zu, peilte über den Glasrand und blickte dem ‚Bruder' direkt ins Gesicht. Siehe da – der konnte sogar reden!

„Du Dummkopf", gluckerte er, „was fragst du lange und nimmst Rücksicht auf das Geziere deiner Braut"?

„Geh ohne sie zum Pfarrer und bestelle das Aufgebot; ist es erst offiziell, gibt es für kein Zurück, sie wird sich fügen!"

Christian nickte, nahm seinen ‚Bruder' zwischen die Finger und kippte ihn dankbar den Schlund hinunter.

„Noch einen", rief er zum Wirt und verkündete hernach lauthals:

„Gleich morgen gehe ich zum Pfarrer!"

Die anderen Gäste schauten ihn verdattert an. Doch dann prosteten sie ihm zu: Zum Pfarrer gehen, das war immer gut …

„So einfach geht das nicht", bremste Pfarrer Geißler den Elan seines Besuchers.

Nach getaner Arbeit kam Christian zu ihm, um gleich für den folgenden Sonntag das Aufgebot zu bestellen. Geißler freute es zwar, dass Marie Rosine und Christian endlich ihr uneheliches Treiben beenden und sich in seiner Kirche das Jawort geben wollten. Doch käme Christian nicht umhin, belehrte ihn der Pfarrer, den Hochweisen Zittauer Rat wegen des sogenannten Heiratskonsenses anzuschreiben. Die weltliche Macht müsse der Trauung zustimmen. Angesichts der hilflosen Geste seines Gegenübers winkte Geißler ab.

„Ich weiß, ich weiß!"

Er griff zur Feder und schrieb das Gesuch für ihn. Danach gab er Christian den Brief in die Hand. Er solle ihn morgen früh in die Zittauer Post geben und warten. Am 19. Mai – es war der Donnerstag vor Pfingsten – kam die Antwort. Freudestrahlend lief Christian erneut zum Pfarrer und schlug ihm vor, dass er doch gleich am Pfingstmontag das Aufgebot aushängen könne. Geißler bremste:

„Zwei Sachen wären da noch", meinte er.

Das Ganze koste 12 Groschen und morgen, spätestens übermorgen, müsse er noch mit der Braut sprechen. Christian zuckte zusammen.

Der Pfarrer legte ihm die Hand auf die Schulter und redete beruhigend auf ihn ein.

„Ich kenne die Marose und weiß, sie will dich heiraten, aber wenigstens der Form halber möchte ich sie vorher noch einmal sehen."

Pfarrer Geißler hatte keine Ahnung! Christian stand jetzt vor einem Problem, denn Marose wusste ja nichts von seinen Aktivitäten. Dass der Herr Pastor sie zuvor noch sprechen wollte, davon hatte der Schnaps kein Wort verlauten lassen. Es war eine vertrackte Situation, nicht nur für ihn, auch für Geißler. Marie Rosine erschien

Kirche Bertsdorf

nämlich weder am Freitag noch am Sonnabend auf der Pfarre. Selbst am Sonntag beim Gottesdienst und zum heiligen Abendmahl bekam er weder Christian noch Rosine zu Gesicht. Trotzdem gab er das Aufgebot am Pfingstmontag bekannt. Wie gesagt: Schweren Herzens, doch er kannte das Brautpaar und ging davon aus, dass seitens der Marose keine Einwände bestünden. Er irrte gewaltig!

Nachdem Christian am Donnerstag beim Pfarrer raus war, galt seine erste Sorge nicht etwa Marose, sondern den 12 Groschen fürs Aufgebot. Schnurstracks lief er den Kirchberg runter, die Dorfstraße entlang zum Haus der Eiflers. Dort wohnte Johanne Christine, die älteste Schwester seiner Braut. Er wusste, dass die Eiflers immer ein paar Taler im Sparstrumpf aufbewahrten. Das Geld für den Pfarrer wollte er deshalb bei ihnen borgen.

„Sitz weniger im Wirtshaus, dann brauchst du niemanden anbetteln", knurrte Eifler, nachdem Christian ihn gefragt hatte.

Mürrisch legte er die 12 Groschen auf den Tisch.

„Hier, s' ist für die Marose, dass es endlich klappt mit eurer Hochzeit!"

Seine Frau Johanne Christine hantierte derweil am Küchenherd. Ihre Ohren waren gespitzt wie bei einem Luchs und so bekam sie mit, dass ihre Schwester vom bestellten Aufgebot keine Ahnung hatte. Geschwätzig wie sie war, hielt sie es kaum aus. Am Freitagmorgen ließ sie alles stehen und liegen. Sie rannte über den Berg in die Fabianmühle, um Marose die Neuigkeit aufs Brot zu schmieren.

„So so", sagte Marose nur, „ist ja schön, davon mal was zu erfahren"!

Obschon sie wusste, dass sie es war, die immer aufs Heiraten drängte, passte ihr die Nachricht nicht in den Kram. Ihrer Schwester gegenüber ließ sie sich jedoch nichts anmerken. Sie gab ihr lediglich auf, dem Christian zu sagen, dass sie Pfingstmontag gegen Abend nach Bertsdorf käme. Ihr Meister sei über die Feiertage außer Haus und sie in der Mühle allein. Erst vom Montag zum Dienstag käme der Nachbar, ein gewisser Zeidler, um aufzupassen.

„Danach kann ich weg, sag's dem Christian, ich werde mit ihm über die Hochzeit reden ..."

Am Abend des Pfingstmontag traf Marie Rosine wie versprochen gegen 9 in Bertsdorf ein. Doch wo war Christian?

„Is auf'm Kegelschub", meinte ihre Schwester, die Stürmerin, lapidar.

„Wollte um 10 zurück sein, aber du weißt ja, wenns am schönsten ist und der Schnaps schmeckt ..."

Aha, Marose verstand. Was gab es da noch zu reden. Sie zog ein langes Gesicht, wartete bis kurz nach 10 und ging dann in Christians Kammer. Ihre Ruhe dauerte indes nicht lange, gegen 2 Uhr schreckte sie aus dem Schlaf. Die Tür flog auf und Christian wackelte herein. Geradeso, dass er an der Wand lehnend die Stiefel ausgezogen bekam, krachte er neben Marose ins Bett. Ob er überhaupt merkte, dass sie darin lag, konnte sie nicht ausmachen. Nach zwei, drei Sekunden war nur noch lautes Schnarchen zu vernehmen. Und als ob das nicht genug wäre, füllte bald, trotz dass das Kammerfensterchen weit offenstand, ein ekelhaft süßlicher Gestank den Raum. Marose drehte sich zur Seite und presste das Kopfkissens gegen ihre Nase.

„Die reinste Strafe ist das", murmelte sie.

Sollte sie ab jetzt jede Nacht neben einem rumpelnden Jauchefass schlafen müssen? Sie betete still:

„Davor lieber Gott bewahre mich ...“

Allzulange brauchte es Marose jedoch nicht aushalten. Schon zwei Stunden später, gegen 4 Uhr, sprang Christian wieder auf.

„Komm hoch“, rüttelte er Marose, „wir müssen nach Großschönau“.

Obwohl an diesem Dienstagmorgen der dritte Pfingstfeiertag anfing, gehorchte sie. Noch war Christian unberechenbar, sodass sie keinen Widerspruch riskierte. Unten in der Stube angekommen, eröffnete Christian Marose, dass seit gestern ihr Aufgebot an der Kirchentür hinge.

„Bald sind wir verheiratet“, sprach er mit noch schwerer Zunge.

„Ich borge mir von den Roscher's rasch einen Leiterwagen, mit dem holen wir gleich deine Sachen aus der Mühle.“

Marose erschrak und schüttelte den Kopf. Daraufhin lief Christian rot an und schlug mit der Faust auf den Tisch.

„Du musst mit rüber“, schrie er sie an.

Da jede Gegenrede zwecklos schien, ging Marose mit und sie holten den Wagen. Christian zog und Marose trottete im Sicherheitsabstand von drei Schritten hinterher. Auf dem Weg versuchte sie, ihm vorsichtig klarzumachen, dass es unmöglich sei, so mir nichts dir nichts mit ihm zusammenzuziehen.

„Müllermeister Fabian ist außer Haus und überhaupt: Bevor er keine neue Magd gefunden hat, kann ich da nicht weg“, redete sie sich heraus.

Als sie sah, dass Argumente zwecklos waren, überlegte sie nicht lange und nahm spontan ihre Beine in die Hand. Ohne sich umzuschauen, rannte sie, so schnell sie konnte los, geradewegs auf die Mühle zu. Dort angekommen verriegelte sie hastig von innen die Tür.

„Was ist denn los“, fragte Zeidler, der die Nacht in der verwaisten Mühle verbracht hatte.

Marose erzählte ihm alles. Auch, dass es keine viertel Stunde dauern würde, bis ihr Kerl hier wäre, die Truhe mit ihren Habseligkeiten auflüde und sie nach Bertsdorf bringe. Zeidler nahm sie in die Arme:

„Ach Mädel, da wird schon Rat. Brüh uns doch einen Kaffee. Heute ist Feiertag, da wollen wir es uns zum Frühstück erst mal gemütlich machen."

Gegen 9 Uhr müsse er allerdings in die Kirche, weil er im Chor mitsänge.

„Ich schicke dann meine Frau rüber. Die kann auf dich aufpassen", beruhigte er sie.

Kaum stand der Kaffee auf dem Tisch, hämmerte es an der Tür. Christian war angekommen. Er klinkte und rief, doch niemand öffnete ihm. Er horchte, aber drinnen blieb es still. In ihm arbeitete es. Langsam verließ ihn der Geist des Schnapses und ihm dämmerte, dass die eigene Braut vor ihm Reißaus genommen und ihn zu allem Übel noch ausgesperrt hatte. Seine Marose, die er doch liebte, wies ihn ab! Schäkerte sie drin womöglich mit ihrem ominösen Liebhaber und wollte nun endgültig nichts mehr von ihm wissen? Liebesqual oh Liebesqual, wie grausam kannst du nagen! In diesem Augenblick reute es ihn, gestern bei den Kegelbrüdern versackt zu sein. War doch Marose extra wegen ihm und der Hochzeit von Großschönau nach Bertsdorf gelaufen. Vor Gram, aber auch der Aussicht, wegen des geplatzten Aufgebots ins Gerede zu kommen, hielt es Christian im Kopf kaum aus. Er ließ den Leiterwagen vor der Mühle stehen und lief ziellos ein paar Schritte die Dorfstraße entlang. Kein Mensch war an diesem Feiertagmorgen zu sehen, außer dem Fleischhauer Härtig, der verschlafen den Dreck vor seiner Tür fegte. Beide wünschten einen guten Morgen und kamen ins Gespräch. Und wie der Teufel es wollte, wusste Christian, dass Härtig Branntwein ausschenkte. Lediglich fünf Minuten dauerte es, bis ein Gläschen auf dem Tisch stand.

„Prosit auf Pfingsten" – und das erste ‚Viertelchen' rann wohlig durch Christians Kehle.

Zunächst saß Christian allein in Härtigs Stube. Später kamen zwei Großschönauer Damastweber namens Gottlieb Eckert und Gottfried Posselt dazu. Sie kannten Christian Helle nicht und nahmen deshalb am gegenüberliegenden Tisch Platz. Sie horchten aber auf, als der fremde

Mann lauthals prahlte, noch heute seine Braut mit Sack und Pack aus der Fabianmühle holen zu wollen. „Doch nicht etwa die Marie Rosine?"

Die beiden sahen sich an und wechselten interessiert die Plätze. Gleich hörten sie, mit welch ‚tollem Hecht' sie es zu tun haben mussten. Forsch und wenn nötig mit harter Hand wäre er fest entschlossen, sein Mädel, das sich angeblich noch ein bisschen zierte, ins Eheglück zu führen.

„Der Fabian wird seine Magd schon freigeben, wenn ich das will", behauptete er großmäulig.

Die Männer tranken noch einige Schnäpse, dann verkündete Christian, dass er jetzt mutig zur Tat schreiten würde. Eckert und Posselt standen ebenfalls auf. Neugierig gingen sie mit Christian rüber in die Mühle. Bereits von Weitem sah sie dort die Zeidlerin kommen.

„Lauf rasch in deine Kammer", rief sie Marose zu, ich lenke die Drei inzwischen ab.

Ob sie ein Bier trinken möchten, fragte die Zeidlerin Eckert und Posselt beim Eintreten. Mittlerweile lief die Uhr auf 10 und obwohl beide um die Zeit bereits genug hatten, nickten sie kräftig. Danach sahen sie sich verwundert um, denn Helle war mit einem Mal verschwunden.

Der hatte sich nämlich gleich nach Betreten der Mühle eine Treppe höher zu seiner Braut geschlichen. Wie Marose ihn sah, schrie sie verzweifelt:

„Ist nur gut du Schweinehund, dass du dich wieder besoffen hast – lass mich bloß in Ruhe!"

Christian schien das nicht zu stören. Er griff nach der Truhe, um sie hinaus auf den Gang zu zerren. Todesmutig erfasste Marose die andere Seite und versuchte ihn davon abzuhalten. Derweilen stellte die Zeidlerin in der Stube das Bier auf den Tisch. Plötzlich vernahm sie von oben Gepolter und Geschrei.

„Jesses das arme Mädel", sie schlug die Arme über den Kopf zusammen und rannte die Treppe hinauf. Keinen Augenblick später kam sie wieder runter und rief den Männern zu:

„Kommt schnell rauf und helft, der Kerl prügelt sie windelweich!"

Widerwillig kamen Eckert und Posselt mit. Was sie erblickten, glich einem Trauerspiel. Helle hatte die Truhe bis auf die Diele gezerrt. Durch die Rangelei war sie umgekippt und ihr Inhalt lag verstreut auf dem Boden. Daneben saß schluchzend Marie Rosine, vom rechten Auge ab rann Blut über ihre Wange.

„Laß gut sein", rief Posselt und zog Helle beiseite.

„Hör auf mit dem Spektakel und warte, bis der Müllermeister da ist. Gibt er deine Braut frei, kannst du sie in Frieden mitnehmen."

Darauf beruhigte sich Christian und die Männer gingen die Treppe hinunter. Marose indes stand auf, wischte das Blut von ihrer Wange und floh hinüber ins Haus der Zeidlers.

Während die Männer am Tisch Platz nahmen, sah die Zeidlerin Marose über die Straße rennen und ging hinterher. In der Mühle mit seinen Trinkkumpanen alleingelassen, setzte bei Christian ein unerwarteter Sinneswandel ein. Die Schläge reuten ihn und er wollte Marose um Entschuldigung bitten. Er verkündete Eckert und Posselt nun ebenfalls ins zeidlersche Haus laufen zu wollen, um sein Vorhaben in die Tat umzusetzen. Die Beiden nickten zustimmend, gingen aber lieber mit, um im Notfall das Schlimmste zu verhindern. Wie sie eintrafen, saß die Zeidlerin allerdings mit ihrer Tochter allein auf der Ofenbank. Marose hatte es vorgezogen, über den Hof zu verschwinden. Zutiefst bedrückt sackte Christian auf einem Stuhl zusammen und fing an zu heulen.

„Nicht doch", versuchte Eckert ihn zu trösten, „am besten ist's, du gibst das Mädel auf."

„Nein, nein, nein", angesichts dieser Worte verkrampfte Christian noch mehr.

„Niemals gebe ich sie auf! Sie ist doch alles, was ich habe, lieber will ich sterben!"

Wie er nun dasaß und klagte (ein Häufchen Unglück machte eine bessere Figur), kam Zeidler aus der Kirche zurück. Nachdem ihm seine Frau den Vorfall geschildert hatte, griff er sich an den Kopf. Statt Helle zu bemitleiden, rüttelte er ihn und schimpfte:

„Jetzt reiß dich zusammen du Jammerlappen! Frauen schlagen, das kannst du, dabei tätest du besser daran, nicht so viel zu saufen und dich mal als echter Kerl zu beweisen."

Wer von den Anwesenden annahm, Christian würde die Worte beherzigen, sah sich jedoch getäuscht. Nach einigen Minuten stand er auf, wischte mit seinem schmuddeligen Taschentuch die Tränen aus dem Gesicht und ging hinaus. Ziellos lief er weiter und weiter, bis er in Hainewalde an der sogenannten ‚Gutsche‘ anlangte. Und was tat er? Natürlich das, was er beim Anblick eines Wirtshauses meistens machte: Er ging hinein und bestellte einen Krug Bier. Am Nachmittag fiel ihm ein, dass er ja zurück in die Mühle wollte, um mit Meister Fabian zu verhandeln. Der traf um 7 Uhr abends auch ein, nur wer nicht da war, war Christian Helle. Jeder kann sich denken warum. Auf dem Rückweg von Hainewalde musste er bekanntermaßen am Haus von Fleischhauer Härtig vorbei. Logisch, dass ihn der von Trinkern so gefürchtete ‚lange Arm‘ dort hineinzog. Wiederum leerte sich das Branntweinfass des Meisters um einige Viertelchen. Demzufolge kam er erst gegen 9 Uhr in der Mühle an. Das aber erstaunlich gerade, der fortlaufende Alkoholkonsum hatte ihn gewissermaßen eingespiegelt. Als er eintrat, sah ihn Fabian vorwurfsvoll an. Dank der Zeidlers bestens informiert fragte er:

„Was für einen Spektakel hast du hier gemacht?“

Wie er sah, dass Helle betreten nach unten schaute, füge er an:

„Von mir aus kannst du deine Marie Rosina samt ihrer Truhe mitnehmen. Ich will euch nicht im Wege stehen und gebe sie frei. Ich wünsche euch viel Glück für die Hochzeit.“

Marose, die abseits auf der Ofenbank saß, zuckte zusammen. Übelnehmen konnte sie die Worte ihrem Meister nicht, er kannte Christian ja nur als ruhigen, freundlichen Menschen. Sie allerdings musste sich rasch etwas Neues einfallen lassen. Erst einmal sagte sie aber keinen Ton, als Christian ganz selbstverständlich eine Bank neben ihre schob, um gleich an Ort und Stelle zu übernachten. Früh um 3 Uhr stand er auf, da er pünktlich zur Arbeit kommen wollte. Inständig bat er Marose um Verzeihung. Die meinte lediglich, dass das nach den Schlägen nicht einfach ginge, er aber trotzdem ihre Wäschetruhe am Sonntag abholen könne. Am Dienstag wolle sie ganz nach Bertsdorf ziehen.

„Heute Nachmittag komme ich rüber zu dir, da reden wir über alles", versicherte sie ihm.

Statt klare Verhältnisse zu schaffen, versuchte sie, ihn hinzuhalten. Ein schwerer Fehler, wie der folgende Tag auf tragische Weise zeigen sollte.

Statt, wie sie versprochen hatte am selben Tag, kam Marose erst Donnerstag, den 26. Mai gegen 4 Uhr nachmittags im Haus der Stürmers an. Ihre Schwester Martha erschrak.

„Wer hat dich denn so zugerichtet", entfuhr es ihr.

Mit aufgedunsenem Gesicht, blauem Auge sowie Blutergüssen am Arm sah Marose zum Fürchten aus. Martha erkannte sie kaum wieder und ahnte: Ihr ist etwas Schreckliches widerfahren. Schnell holte die ihren Mann aus der Nachbarschaft. Wie Marose auch sein Entsetzen bemerkte, brach es aus ihr heraus. Heulend erzählte sie, was Christian vorgestern mit ihr angestellt hatte.

„Was soll ich nur machen", schluchzte sie hilflos.

„Ich will den Kerl nicht heiraten, der schlägt mich eines Tages noch tot."

Die drei schauten sich an, doch richtig wusste keiner, was zu tun wäre. Immerhin hing das Aufgebot bereits an der Kirche. Im gewissen Sinn kam das einer Verpflichtung gleich.

„Komm, wir gehen sofort zu meinem Bruder. Er ist einer der Gerichtsältesten im Dorf und weiß bestimmt Rat."

Der Schwager legte seinen Arm um Maroses Schulter und nahm sie mit.

„Oje, da ist guter Rat teuer."

Der Gerichtsmann runzelte die Stirn, nachdem er die Geschichte gehört hatte.

„Zweckmäßig wäre, zur Obrigkeit zu gehen. Sie hat die Erlaubnis zur Hochzeit erteilt und kann sie auch wieder zurücknehmen. Sprecht am besten mit dem Zittauer Bürgermeister", riet er ihnen.

„Vorher aber lauft zum Pfarrer und gebt ihm Bescheid."

„So machen wir's", sagte Johann Stürmer auf dem Heimweg.

„Morgen besuchen wir Pfarrer Geißler und bitten ihn, das Aufgebot wieder abzuhängen. Am Montag gehen wir dann nach Zittau ..."

Kaum waren Marose und ihr Schwager kurz vor 6 Uhr zu Hause, da schneite Christian zur Tür herein. Gleich wie er guten Abend wünschte, stand Marose auf und verschwand durch die Küche nach hinten. Christian stellte ihr sofort nach und bedrängte sie an der Hintertür.

„Was ist los mit dir", wollte er wissen.

„Ich denke, du ziehst zu mir und wir heiraten, stattdessen rennst du weg?"

Marose nahm allen Mut zusammen und beschloss, Christian reinen Wein einzuschenken.

„Nein", sprach sie, „aus der Hochzeit wird nichts, ich will keinen Mann der prügelt! Geh zum Pfarrer und nimm das Aufgebot zurück, sonst tue ich es"!

Bum – das hatte gesessen! Christian stand da wie vom Donner gerührt.

„Aber ... das war doch nicht ... das ist doch im Trunke geschehen ... bitte bitte verzeih mir, ich liebe dich doch so sehr", stammelte er.

Vergebens: Marose drehte sich um und lief zurück in die Stube. Dort allerdings ging das Wortgefecht weiter. Christian gab nicht auf. Er bettelte und bettelte, bis Marose auf den Tisch schlug und ihn anschrie:

„Nein, du versoffener Kerl, dich heirate ich nie!"

Erbost zeigte sie ihm einen Vogel.

„Da lacht ja das ganze Dorf, wenn ich einen zum Mann nehme, der mich schon vor der Hochzeit schlägt!"

Christian lief rot an. Die letzten Sätze waren zu viel für ihn. Wutschnaubend ballte er die Hände zur Faust. Durch die Lippen gepresst drohte er Marose:

Mordstein Helle

„Du ... du wirst dir keinen andern nehmen ... dafür werd ich sorgen ... verlass dich drauf!"

Er lief hinaus und schlug die Stubentür krachend hinter sich zu.

Das Ganze hatte Marose mitgenommen. Geknickt saß sie am Tisch, die Stürmers versuchten sie zu trösten. Ihre Schwester fragte, ob sie nicht zur Sicherheit mit ihr rüber nach Großschönau laufen solle.

„Ach laß nur", meinte Marose, „der Helle sitzt bestimmt schon im Wirtshaus, da brauch ich keine Angst zu haben".

Diesmal aber irrte sie. Christian war extra einen Weg weiter links vom gewöhnlichen Fußweg vorausgegangen, um seine Braut abzupassen. Er wollte noch einmal mit ihr sprechen, ohne dass jemand dabei war. Sein Kalkül ging auf. Etwa um 7 Uhr – die Sonne verschwand langsam am Horizont – sah er sie den Berg hochkommen. Wo die zwei Pfade zusammenkamen, passte er sie ab. Doch ehe er ein Wort sagen konnte, fauchte Marose ihn an:

„Du brauchst nicht erst mitlaufen!"

„Ich habe dir alles gesagt – zwischen uns ist es aus, geh deiner Wege und lass mich zufrieden!"

Christian jedoch tat nicht dergleichen und lief weiter neben ihr her. Ohne Unterlass redete er auf sie ein: Dass sie doch wieder gut sein möchte und kein Trara machen solle. Dass sie die Hochzeit nicht einfach absagen könne, was für eine Blamage das wäre und so weiter und so fort. Ungefähr eine viertel Stunde mag auf diese Weise vergangen sein, da hatte Marose endgültig genug. Sie hielt inne und sagte ihm nochmals in aller Deutlichkeit:

„Schlag dir das aus dem Kopf – wir sind geschiedene Leute, begreif es endlich."

Christian aber blieb stur und fasste sie bei der Hand. Marose rastete aus. Sie kreischte:

„Lass deine Pfoten von mir du Scheißkerl" und riss ihren Arm weg.

„Du bist ein Säufer und widerlicher Mensch. Kein Wunder, deine Eltern waren ja nicht besser!"

Christian traf der Schlag. Seine Seele schrie vor Schmerz. Alle Liebe, alles Leben schien in dieser Sekunde dahin. Und nun auch noch seine Eltern …

Völlig außer sich packte er Marose am Hals, würgte sie, warf sie zu Boden und kniete auf ihre Oberschenkel. Ohnmächtig vor Zorn griff er in die rechte Hosentasche und zog sein Taschenmesser heraus. Eines rationalen Gedankens war er nicht mehr fähig. Er holte aus und stieß ihr die Klinge in den Hals. Marose schrie wie am Spieß. Sie grub ihre Finger in sein Gesicht und zerkratzte es von oben bis unten. Christian zischte:

„Miststück, elendes ...“

Kaum war der Fluch heraus, zog er ihr das Messer quer durch die Kehle. Blut spritzte nach allen Seiten: auf den Boden, auf seine Weste in sein Gesicht. Marose zuckte noch zweimal, dann lag sie vor ihm; eben noch voller Emotion, jetzt reglos und still – die einzige Frau, die große Liebe seines Lebens war tot.

Die Augen schockstarr und im Kopf leer, ließ Christian von Marose ab. Langsam stand er auf, dann drehte er sich um und lief auf Bertsdorf zu. Mit jedem Schritt kam ihm das Geschehene mehr zu Bewusstsein. Panisch rasten seine Gedanken:

„Habe ich Marose wirklich getötet oder war das nur ein böser Traum?“

Die Zweifel ließen ihn nicht in Ruhe. Nach ungefähr 50 Schritten machte er kehrt, um nachzusehen. Doch die Tatsache blieb: Marose lag, wie er sie verlassen hatte, in ihrem Blut mitten auf dem Weg; kein Atemzug, kein Mucks war von ihr zu hören. Ernüchtert und seiner Tat vollends bewusst, beherrschte ihn jetzt nur noch ein Gedanke:

„Du bist ein Mörder und musst dich stellen!“

Ohnedies war eine Welt ohne Marose für ihn sinnlos, und so beschloss er, sofort zum Richter nach Bertsdorf zu laufen. Dass nach einer guten Strecke weit hinter ihm ein junger Bursche schrie:

„Auf dem Weg nach Großschönau liegt eine tote Frau“, nahm er nur noch mit halbem Ohr wahr.

„Ja ja, das müssen wir melden“, rief er und lief ohne sich umzudrehen ins Dorf hinein. Am Haus der Stürmers angekommen, holte er seine Jacke aus der Kammer und bemerkte im Vorbeigehen:

„Nun liegt sie draußen im Feld und ist tot, die Marose.“

„Hast du sie etwa erschlagen?“

Mit großen Augen sah ihn Johann Stürmer an. Doch ohne zu antworten, lief Christian hinaus, geradewegs in den Kretscham hinein. Wie der Ortsrichter und Wirt Johann Friedrich Neumann die Gaststube betrat, bestellte Christian einen Schnaps, kippte ihn in einem Zug hinunter und erklärte:

„Nicht weit, wo der Oberbertsdorfer Hohe Weg mit dem Niederbertsdorfer zusammentrifft, liegt meine Braut. Ich habe sie ermordet. Ich melde mich als Arrestant!"

Blick vom Mordstein auf Großschönau

Vor Schreck klappte Johann Friedrich Neumann der Kiefer nach unten. Helle hatte ja früher einmal bei ihm gedient. Daher kannte er den Mann nur als ruhigen, friedfertigen Zeitgenossen – und jetzt das? Erst als Helle das blutverschmierte Messer mit dem Horngriff auf den Tisch legte, reagierte Neumann. Er führte Helle nach hinten in eine der Gefängniszellen und kettete ihn an. Dann schickte er seine Magd los, die Gerichtsältesten Elias Hüttig, Johann Jakob Stürmer und Gottlieb Hahmann zu holen. Sie mögen schnell kommen, es sei etwas Schlimmes passiert. Inzwischen war es dunkel geworden, als zur gleichen Zeit der 17-jährige Johann Gottlob Schubert im auf dem Wege erstgelegenen (dem Rengerschen) Bauernhof von Bertsdorf ankam. Dort berichtete er den Leuten aufgeregt, was für einen schaurigen Fund er weiter oben auf dem Weg nach Großschönau gemacht hatte.

„Ich habe noch einem Mann hinterhergerufen, aber der ist einfach weitergegangen", erzählte er.

Immer größer wurde hernach der Pulk, welcher sich zur Leiche aufmachte. Mittendrin auch der Beinahe-Schwager Christians, Johann Stürmer. Wie gegen dreiviertel 9 die Gerichtsmänner unter Führung Neumanns an der Wegegabel ankamen, war schon das halbe Dorf dort versammelt. Sie wussten bereits, wer der Mörder war, und standen murmelnd um die Leiche herum. Einige Frauen schluchzten in ihr Taschentuch:

„Jesses, ach herjemine, die Arme."

„Platz da, geht beiseite Leute", wies Neumann die Menge an.

Fassungslos erblickte er die ihm wohlbekannte Marie Rosine Wagner. Den Hals bis zum Wirbel aufgeschlitzt, lag sie in einer Riesenlache Blut. Die aufgerissenen Augen starrten scheinbar fragend in den Himmel – warum?

Nachdem er sich wieder gefasst hatte, wies der Richter den Gerichtsmann Hüttig an:

„Hol den Chirurgus Bahr von Hainewalde. Der soll sich die Leiche ansehen und entscheiden." Nach einer Dreiviertelstunde langte dieser am Tatort an. Im Schein der Laterne begutachtete er die Tote. Wie er sah, dass Luftröhre und Halsschlagadern durchschnitten waren, erklärte er lakonisch:

„Da ist alles zu spät. Ihr könnt sie aufheben und rein nach Bertsdorf bringen."

Er sah Johann Stürmer an.

„Am ehesten zu dir, du bist doch ihr Schwager?"

Der nickte, und so legten einige Männer die tote Marie Rosine auf eine eilig herbeigeschaffte, mit Stroh ausgelegte Karre.

„Aber nicht fahren", gebot Bahr.

„Tragt den Wagen, damit wir die Tote nicht durcheinanderschütteln."

Gesagt, getan, huckten vier Mann die Karre mittels darunter geschobenen Stangen hoch und trugen Marie Rosine ins Haus ihrer Schwester. Dort legten sie sie auf Decken gebettet in der Stube ab. Zwei Mann blieben als Wache bei ihr bis zum nächsten Tag.

Am Freitag in der Frühe – man schrieb den 27. Mai 1825 – machte sich Richter Neumann persönlich auf, dem zuständigen Gericht in Zittau den grausigen Vorfall zu melden.

„Ein Mord in Bertsdorf!“

Bedeutungsvoll sprach der Zittauer Stadtrichter Dr. Johann Gottfried Auster die Worte aus. So etwas kam nicht alle Tage vor. Es roch nach Arbeit, die keinen Aufschub duldete. Deshalb stellte er unverzüglich eine Untersuchungskommission zusammen und fuhr mit ihr hinaus aufs Land. Um 10 Uhr am Vormittag betrat Dr. Auster im Gefolge der Gerichtsassessor Bähr, Skabinus Adolph sowie Aktuar Püschel die Stube der Familie Stürmer. Mit dabei waren der Zittauer Stadtphysikus Dr. Peschel jun. und der verpflichtete Stadtchirurgus Becker. Sie hatten die Leichenschau vorzunehmen. Einfach zu bewerkstelligen schien dies angesichts der Örtlichkeit allerdings nicht zu sein. Die Stube war eng und viel zu dunkel, da die kleinen Fenster auf eine enge Gasse hinaus zeigten. Also blieb den Obduzenten nichts anderes übrig, als die Leiche der Marie Rosine auf zwei Tischen im angrenzenden Obstgärtchen aufzubahren. Zum Glück war schönes Wetter, sodass die beiden gut arbeiten konnten. Das heißt: Der Physikus wies an und begutachtete und der Chirurgus hantierte. Wesentlich andere Erkenntnisse, wie die meisten bereits bekannten, gewannen sie aber nicht. Bis auf eine ‚Kleinigkeit‘, die mit der Tat jedoch nicht im unmittelbaren Zusammenhang stand: Marie Rosine befand sich nämlich im Anfangsstadium einer Schwangerschaft. Christian Helle hätte demzufolge in absehbarer Zeit ohnehin erfahren, dass er, wie schon vermutet, längst nicht mehr Maroses Herzbube war. Ihrem Geziere lag offenbar noch ein anderer ‚Umstand‘ zugrunde. Das freilich, brauchte ihn jetzt nicht mehr zu interessieren. Willig ließ er sich von der Zittauer Gerichtskommission an den Ort des Verbrechens führen und gab die Tat ohne Umschweife zu. Danach führte ihn Dr. Auster ab in die Zittauer Fronfeste.

Für Christian Helle begann eine Zeit langen Wartens. Gottes Mühlen mahlten, doch zu seinem Verdruss mahlten sie langsam. Das war nicht ungewöhnlich, denn trotz des freimütigen Geständnisses musste ihm das Gericht die Tat lückenlos nachweisen. Schließlich ging es um nicht weniger als die Todesstrafe. Sie folgte Mordtaten zwar nicht unbedingt, aber meistens. Und in Erwartung ebendieser hockte er nun tagein tagaus in einer kargen Zelle der Fronfeste. Hin und wieder holte ihn der Stockmeister beziehungsweise dessen Gehilfe zu Verhören, Gegenüberstellungen oder Ortsbesichtigungen heraus. Ansonsten blieb er im Kummer und mit der bohrenden Frage, ob er seiner Sünde wegen für immer in der Hölle schmoren müsse, allein. Trotz der Aussicht auf ewige Verdammnis, sehnte Helle den Tod mit jedem Tag mehr herbei. Der aber wollte und wollte nicht kommen. Sogar an Selbstmord dachte er, verwarf diesen Gedanken aber bald. Für einen Christenmenschen käme so etwas einem zweiten Mord gleich, denn nur Gott durfte über das Schicksal entscheiden. Die Hoffnung, von ihm irgendwann doch begnadigt zu werden, wären mit einer Selbstentleibung endgültig dahin. Ergo blieb Christian Helle nichts weiter übrig, als auszuharren. Dass er das über Gebühr tun musste, hatte er ausgerechnet seinem Verteidiger zu ‚verdanken‘.

Dieser war ab 23. August 1825, nachdem das Stadtgericht die sachlichen Untersuchungen abgeschlossen hatte, Rechtsanwalt Dr. Karl Friedrich Schmidt. Er erhielt alle Akten und machte sich sogleich an die Arbeit. Er war ein beflissener und ehrgeiziger Mann, der seine Aufgabe ernst nahm und sich mit ihr zu profilieren suchte. Zum Leidwesen Helles gehörte er aber zu den Juristen, die die damals gängige Praxis der Todesstrafe generell infrage stellten. Infolge dessen entstand die seltene Konstellation, dass er eigentlich gegen den Willen seines Mandanten handelte. Der hatte mit dem Leben abgeschlossen, und wollte sterben. Sein Anwalt hingegen plädierte auf weiterleben. In einer ellenlangen sogenannten Schutzschrift tat er das in zweierlei Hinsicht. Erstens versuchte er, den Richtern klarzumachen, dass Christian Helle als Sohn armer Eltern eine schwere Kindheit hatte und kaum zur Schule gehen konnte. Die Tragweite bestimmter Handlungsweisen seien ihm daher wenig bewusst. Außerdem wäre er immer herzensgut mit seiner Braut umgegangen. Die jedoch habe ihn durch ihr Verhalten ständig gereizt und zum Trunke getrieben. Besonders kurz vor der Tat habe sie ihn derart in Rage versetzt, dass er zu diesem Zeitpunkt keinesfalls zurechnungsfähig gewesen sein könne. Zum zweiten verstieg sich Dr. Schmidt in die Frage: War Helle überhaupt der Mörder? Könnte nicht auch Marie Rosine Wagner selbst sich mit dem Messer vom Leben zum Tode befördert haben? Aus Verzweiflung über den Verlust seiner Braut und aus der Vermutung heraus, dass ihm das Gericht die Tat sowieso anlasten würde, hätte er vorsätzlich und wider der Wahrheit einen Mord gestanden. Aus all diesen Gründen und dem Zweifel an der Schuld Helles, käme für ihn lediglich eine moderate Zuchthausstrafe in Betracht, meinte Dr. Schmidt. Nachdem der Zittauer Stadtrichter Dr. Auster die Schutzschrift durchgelesen hatte, schüttelte er zwar den Kopf, tat sie aber pflichtgemäß zu den Untersuchungsakten. Der Verteidiger war halt anderer Meinung, aber das war ja sein gutes Recht und im Grunde sein Auftrag. Und da keine Gerichtsverhandlung stattfand, hatten er sowie die Zittauer Gerichtsherren mit der Urteilsfindung ohnehin wenig zu tun. Es war üblich, die ehrenwerten Gelehrten der Juristenfakultät Leipzig damit zu beauftragen. Demzufolge lehnte er sich zurück und schickte den Aktenberg am 13. September 1825 in die sächsische Universitätsstadt an der Pleiße.

Am 12. November standen Christian Helle und Dr. Schmidt wieder in der Gerichtsstube des Zittauer Rathauses. Das Urteil der Leipziger Juristen war eingegangen. Wie Dr. Auster bereits vermutet hatte, folgten die Richter den Argumenten des Verteidigers in keinem Punkt. Die Selbstmordtheorie hielten sie aufgrund der klaren Beweislage für Blödsinn und mildernde Umstände wegen Unzurechnungsfähigkeit kämen ebenfalls nicht infrage. Auch im Zorn darf niemand morden, meinten sie. Ihr Urteilsspruch lautete:

„Helle ist mit dem Schwert vom Leben zum Tode zu richten."

Während der Delinquent das soeben Vorgelesene ohne Regung hinnahm, kündigte sein Verteidiger an, das Urteil anfechten zu wollen. Wie Christian Helle das hörte, fing er an zu weinen:

„Nein, ich will sterben", wimmerte er.

Jetzt gab es zwei Möglichkeiten. Entweder Helle nahm sich einen Rechtsanwalt, der den Richterspruch annahm oder er behielt den ehrgeizigen Dr. Schmidt und der Prozess zog sich unbestimmt in die

Länge. Sofort dazu befragt, war er offenbar überrumpelt und außerstande, die Situa-tion zu erfassen. Er nickte unter Tränen. Dr. Schmidt standen damit die Türen offen. Er verpflichtete sich, innerhalb der gesetzlichen Frist eine neue Verteidigungsschrift aufzusetzen.

Diesmal argumentierte Dr. Schmidt in drei Komplexen. In einem verwies er nochmals auf seine vorherigen Argumente und in einem Zweiten führte er moralisch-philosophische Werte ins Feld. Er warf die Frage auf, inwieweit Todesstrafen überhaupt zulässig seien. Der Staat habe kein Recht, Leben zu nehmen, dies stehe nur Gott zu. Außerdem wäre es falsch, belehrte er die Hochweisen der Juristenfakultät, Verbrecher durch den Tod von ihrer Schuld zu befreien. Sie hätten im irdischen Dasein für ihre Tat zu büßen. Im Übrigen, so schrieb Dr. Schmidt im dritten Komplex seiner Argumentation, wünsche sich Helle ja den Tod und man würde ihm mit der Hinrichtung faktisch einen Gefallen tun. Nur der lebenslange Zuchthausaufenthalt wäre für ihn eine wirkliche Strafe. Um diese sowie die Aufhebung des alten Urteils möchte er mit dieser Schrift auch gebeten haben. Danach oblag es wieder den Richtern in Leipzig, zu prüfen, zu beraten und eine erneute Entscheidung zu treffen. Im neuen Jahr hatten sie es geschafft. Einen Tag nach dem Hohen Neujahr (am 7. Januar) anno 1826 stand Christian Helle mit seinem Verteidiger erneut vor dem Zittauer Stadtrichter. Nicht nur draußen war es an diesem Sonnabend bitterkalt, auch in der Gerichtsstube herrschte eisige Stimmung, zumindest bei Dr. Schmidt. Er musste sich anhören, wie die Leipziger Professoren ihn belehrten, dass es ihm im Rahmen des Verfahrens nicht zuständte, über die Rechtmäßigkeit von Todesstrafen zu philosophieren. Gesetz ist Gesetz, schrieben sie, und allein daran habe man sich zu halten! Das Urteil blieb deshalb bestehen. Christian Helle hätte nun frohlocken können, denn diesmal gab es keine Einspruchmöglichkeit mehr. Wie es seinem Anwalt dennoch gelang, ihn zu überreden, ist nicht nachvollziehbar. Jedenfalls war er einverstanden, dass dieser für ihn ein Gnadengesuch an den sächsischen König aufsetzte. Das Zittauer Gericht genehmigte das Ansinnen und so vergingen erneut Monate quälenden Wartens.

Gerade noch vier Tage fehlten bis zum Jahrestag der Tat, da schloss der Stockmeister Friedrich Greulich die Tür zu Christians Zelle wieder auf: „Komm mit, die Antwort auf dein Gnadengesuch ist da".

Mit schlotternden Knien, die Kehle zugeschnürt lief Christian an diesem Montagnachmittag mit ihm zum Rathaus. Als er sich in der Gerichtsstube umsah, fiel ihm auf, dass nur das Gerichtskollegium anwesend war. Sein Anwalt fehlte, er ließ sich wegen Krankheit entschuldigen. Christian kam das gelegen, denn wer weiß, auf welche Finessen sein Verteidiger diesmal gekommen wäre, um sein Leiden zu verlängern. Deutlich und langsam las der Zittauer Stadtrichter alsdann das allerhöchste Schreiben vor. Wie Christian das Wort ‚abgelehnt' aus dem Munde Dr. Austers vernahm, fiel ihm ein Stein vom Herzen.

„Gott sei Dank, es ist es vorbei und ich kann sterben", dachte er.

Dass dies bald sein sollte, merkte er zu seiner Freude daran, dass Dr. Auster sogleich den Katecheten Jentsch kommen ließ. Er trug ihm auf, Helle seelischen Beistand zu leisten und ihn spirituell auf die Hinrichtung vorzubereiten. Wann diese stattfände, würde er ihm rechtzeitig mitteilen, sagte er Christian. Erleichtert lief dieser redselig neben dem Stockmeister ins Gefängnis zurück. Gerade hatte der Katechet in der Zelle neben ihm Platz genommen, da ging die Tür erneut auf. Der Stockmeister bedeutete Jentsch herauszukommen, und Helle erklärte er, dass sein Anwalt sich gemeldet hätte. Die Hinrichtung sei auf unbestimmte Zeit ausgesetzt.

„Wenn sie denn überhaupt noch stattfindet", fügte er grinsend hinzu und verschloss die Tür wieder von außen.

Christian wusste nicht, wie ihm geschah. Einem Häufchen Unglück gleich saß er auf seinem Schemel und zweifelte an Gott und der Welt. Letzteres tat auch Dr. Auster, als er kurz nach der Urteilsverkündung einen Brief von Dr. Schmidt in den Händen hielt.

Dr. Auster hatte Mühe, seine Wut zu unterdrücken.

„Der Mann will sich doch nur profilieren", schimpfte er.

„Lauter Spitzfindigkeiten, die er hier anbringt, um unser Verfahren zunichte zu machen!"

Das sah Dr. Schmidt naturgemäß völlig anders. Allein die Wichtigkeit der Sache sowie seine schwere Verantwortung, ließen seiner Meinung nach keinerlei Nachlässigkeiten zu. Also ergriff er den letzten Strohhalm und setzte diese Eingabe auf. In ihr zweifelte er in einem Punkt die Rechmäßigkeit der Obduktion an. Er vermisste nämlich den Aktenvermerk, dass der mit der Leichenschau beauftragte Dr. Peschel jun. von der Stadt bezüglich seines Amtes überhaupt ordentlich verpflichtet und vereidigt worden war. In einem zweiten Punkt bezweifelte er, dass die Beschaffenheit Helles Messers derart tiefe Wunden reißen konnte. Und in einem dritten Punkt fragte er, ob nicht die Klinge des in den Sachen der Wagnerin vorgefundenen Messers die tiefe Halswunde hätte verursachen können. In beiden Fällen erbat er fachliche Stellungnahmen. Daraufhin ging es wieder in die Tippel-Tappel-Tour. Das Gericht brachte die Vereidigung des Stadtphysikus nachträglich in die Akten und bezüglich der Messer neue Expertisen ein. Das Ganze ging erneut zur Entscheidung nach Leipzig und kam zurück mit dem Ergebnis, dass alles beim Alten blieb. Abermals war unnötig Zeit verstrichen. Das aber schien Dr. Schmidt egal. Auch jetzt wollte er nicht aufgeben und verfasste einen letzten Brief. In ihm bezweifelte er das gesamte Verfahren. Und weil das Gesetz weitere Gnadengesuche nicht vorsah, bat er nun darum, der sächsische König möge den Vollzug der Todesstrafe wenigstens aussetzen. Doch diesmal hatten die Behörden offenbar die Nase voll von ihm. Sein Schreiben drang nicht mehr bis zu Friedrich August I. vor. Schon die Oberamtsregierung in Bautzen blockte ab und entschied am 1. Juli 1826: Das Gesuch des Dr. Schmidt ist abzuweisen. Damit stand der Hinrichtung Helles endlich nichts mehr im Wege.

Am 28. Juli bestellte das Gericht den Scharfrichter Gottfried Greulich ein. Es teilte ihm mit, dass die Hinrichtung Christian Helles zum kommenden Freitag, den 4. August, stattfinden würde. Diese sollte durch das Schwert nach altem Brauch und Regeln erfolgen. Die Bevölkerung der Stadt war dazu herzlich eingeladen. Gerade deshalb war man genötigt, den Ablauf bis aufs I-Tüpfelchen zu planen. Damit die ‚Schau' reibungslos ablief, durfte nichts dem Zufall überlassen werden – vor allem der Akt der Tötung selbst. Deswegen hatten die Herren den

Scharfrichter zu fragen, ob er sich die Vollstreckung des Urteils zutraue und die Aufgabe übernehmen wolle.

„Ja", antwortete er mit fester Stimme, „ich traue mir den Akt zu und kann die Hinrichtung gut und tüchtig vollziehen".

Dieses Bekenntnis war nötig, denn er wäre nicht der erste Henker, der in der Sekunde des Todesshiebes psychisch versagte. Er und andere seiner Zunft steckten auch nur in der Haut eines Menschen. Schlug einer daneben bzw. tötete den Delinquenten nicht sofort, war ihm der Zorn des Publikums sicher. Es gab in der Vergangenheit sogar Fälle, wo aufgebrachtes Volk den Scharfrichter wegen seiner Stümperei lynchte. Schließlich, so meinte es, war der Übeltäter ‚nur' zum Tode und nicht zu körperlichen Qualen verurteilt. Das traf auch auf Helle zu, der sich zwar den Tod wünschte, doch schnell und schmerzlos sollte er schon sein. Dass sein Ableben für nächsten Freitag anberaumt war, wusste er freilich noch nicht.

„Wir werden Helle den Todestag am Montagnachmittag höchst offiziell verkünden", legte Dr. Auster fest.

Er wies den Stockmeister an, zu diesem Zweck den Gebetsraum in der Fronfeste feierlich herzurichten.

Am 31. Juli hatte das Warten ein Ende. Das Stadtgericht überbrachte Helle die für ihn – keiner wusste es so genau – mehr oder weniger frohe Botschaft seines Todestages. Erhabenen Schrittes stiegen die Männer zwei Treppen hoch in das Oratorium des Stockhauses. Ihnen war bewusst, der jetzige Akt gehörte zum festgelegten Ritual einer Hinrichtung. Haltung und Würde waren gefragt. Allein der zarte Weihrauchduft erinnerte sie daran. Er unterstrich schon beim Öffnen der Tür die Bedeutung dieses Augenblicks. Dazu kamen brennende Kerzen am kleinen Altar und im den Ecken des Zimmers. Hinter einem Beistelltisch stand andächtig mit gefalteten Händen Katechet Jentsch. Vor ihm lagen eine Bibel sowie ein schwarzes Christuskreuz. Zusammengesackt hockte Helle mitten in Raum auf einem Schemel. Beim Eintreten der Herren erhob er sich. Mit gesenktem Kopf vernahm er aus dem Munde von Dr. Auster noch einmal, wessen man ihn beschuldigte und welches Urteil das Gericht über ihn verhängt hatte.

„Am 4. August werdet ihr deshalb durch das Schwert vom Leben zum Tode befördert!"

Klar und deutlich sprach der Stadtrichter diese Worte. Danach ermahnte er Helle eindringlich, seine Tat zu bereuen und als bekehrter Sünder dem Tod standhaft ins Auge zu blicken.

„Gottes Barmherzigkeit ist groß und vielleicht wird er auch dir eines Tages verzeihen", schloss Dr. Auster seine Rede.

Für einen Moment herrschte Schweigen, dann fing Helle an zu reden. Er bedankte sich für die menschenfreundliche Behandlung, für die Bemühungen des Gerichtes, den ihm zuteil gewordenen geistlichen Trost und für die Sorge um seinen Unterhalt.

„Ich bin unvermögend", schloss er im unterdrückten Tonfall, „unvermögend alles zu entlohnen, so vergelte es ihnen allein Gott".

Die Anwesenden zuckten zusammen. Erschüttert sahen sie, wie Helle beim Ansprechen Gottes überlaut aufschluchzte und ungehemmt wie ein kleiner Junge drauflos heulte. Rasch verließen sie den Raum und bedeuteten Jentsch, den Todeskandidaten so lange er wolle zur Andacht hier drin zu lassen.

Die kommende Woche war für Christian eine Qual. Noch einmal besuchte ihn die Schwester, von der er unter Tränen Abschied nahm. Fast meinte sie, dass er den Tod nicht mehr herbeisehnte. Vielmehr blickte er dem irdischen Ende nun bangen Herzens entgegen. Hatte Gott seine Gebete erhört? Und wenn ja, würde er ihm verzeihen oder müsse seine Seele ab jetzt für ewig in der Hölle schmoren? Vielleicht hätte, wie man von Zweiflern gelegentlich hörte, die Kirche aber überhaupt nicht recht und mit dem Tod wäre alles zu Ende? In den Nächten machte er kaum ein Auge zu, schon gar nicht in dieser. Am Freitagmorgen betrat Stockmeister Greulich um fünf Uhr seine Zelle. Er stellte ihm einen Bottich Wasser mit Seife hin und legte das Hinrichtungskostüm daneben.

„Hier mach dich frisch und zieh das über", wies er ihn an.

„Um sechs kommt der Geistliche und um sieben holt dich die Bürgergarde ab!"

Danach lief die Prozedur wie am Schnürchen. Jede Minute hatte der verantwortliche Zirkelmeister geplant. Seinen Vorgaben folgend nahm ihn am Stockhaus eine Kompanie der Garde in die Mitte und führte ihn hinauf zum Rathaus. Hundeelend wurde es Christian, wie er auf dem Marktplatz alle Augen auf sich gerichtet sah:

„Seht nur, das Scheusal ... da geht er hin, der elende Mörder!"

Zur bevorstehenden Todesstrafe kam nunmehr grenzenlose Schmach! Die Hände gefesselt, bekleidet mit weißer Hose, Jacke, schwarzen Strumpfbändern sowie einer albernen Zipfelmütze auf dem Kopf, trat er vor das Gerichtskollegium. Hinter einem langen Tisch saß es auf einer extra für ihn gezimmerten Tribüne.

Langsam verstummte die Masse. Deutlich und weithin hörbar fragte Dr. Auster den Delinquenten:

„Christian Friedrich Helle, ich frage dich vor diesem öffentlich gehegten peinlichen Halsgericht, hast du am 26. Mai 1825 abends in der siebenten Stunde Marien Rosinen Wagnerin auf dem Wege von Bertsdorf nach Großschönau aufgelauert, sie niedergeworfen und ihr, in der Absicht sie zu töten, mit deinem Taschenmesser in den Hals gestochen, hierauf ihr solches durch den Hals von der linken Seite zur Rechten gezogen und so lange fortgeschnitten, bis du geglaubt, daß sie todt sei, wovon du dich auch, bevor du sie verlassen, überzeugt hast?" [1]

Wieder fing Christian an, fürchterlich zu heulen. Unter seinem Gegluckere war das „ja" kaum zu hören. Der Stadtrichter nahm es aber an und fragte weiter:

„Bist du dieser Tat nochmals geständig?" [1]

Auch jetzt vermochte das Gericht eher schlecht als recht eine Zustimmung zu vernehmen. Es war wohl mehr ein Nicken, das Dr. Auster fortfahren ließ:

„So höre dein Urteil! Dirweil du, Christian Friedrich Helle, vor diesem öffentlich gehegten peinlichen Halsgericht bekennest, daß du am 26. Mai 1825 Marien Rosinen Wagnerin auf dem Wege von Bertsdorf nach Großschönau aufgelauert, sie niedergeworfen und ihr, in der Absicht, sie zu töten, mit deinem Taschenmesser in den Hals gestochen, hierauf ihr solches durch den Hals von der linken Seite zur Rechten gezogen, und so lange fortgeschritten, bis du geglaubt, daß sie todt sei, wovon du dich auch, bevor du sie verlassen, überzeugt hast, so erkennen Richter und Assessoren der Stadtgerichten zu Zittau, auf eingeholte Urtel, sowohl der Königl. Sächßl. Juristenfacultät, als auch des Königl. Sächßl. Schöppenstuhls zu Leipzig, wie auch auf eingegangene allerhöchste Rescripte vom 10. Mai und 10. July 1826, dass du, Christian Friedrich Helle, wegen dieses an Marien Rosinen Wagnerin begangenen Mordes, dessen du geständig, mit dem Schwerdte vom Leben zum Tode zu richten und zu strafen. Von Rechts wegen." [1]

Danach stand der Stadtrichter auf, hielt einen Stab ausgestreckt vor sich, brach ihn und warf dessen Stücke vor Christian Helle auf den Boden. Sodann verkündete er:

„Der Stab ist gebrochen." [1] [2]

Um das Ritual abzuschließen wies er den Zirkelmeister an, den Scharfrichter vorzurufen. Kraft seines Amtes übergab der Richter ihm den Verurteilten. Der Henker quittierte dies mit den Worten:

„Wohlgeborner Herr Stadtrichter, ich werde thun was mir befohlen, so mir aber das Werk mislänge, bitte ich um sicher Geleit."

Gleichfalls wie im Protokoll vorgeschrieben, antwortete Dr. Auster:

„Das sichere Geleite sey gewährt. Zirkelmeister, das sichere Geleit für den Scharfrichter ist auszurufen." [1]

So laut er konnte verkündete darauf der Zirkelmeister in die gebannt wartende Menge:

„Christian Friedrich Helle soll, dem Urtheil und allerhöchsten Befehle zu Folge, mit dem Schwerdte vom Leben zum Tode gebracht werden. Auf Befehl des Herrn Stadtrichter Dr. Johann Gottfried Auster rufe ich dem Scharfrichter ein sicher Geleit aus. Der ist verfallen des Gerichtes Strafe, wer es wagt, an ihm sich zu vergreifen." [1]

Damit war die Aufgabe des Zittauer Stadtgerichtes nach über einem Jahr mühevoller Arbeit beendet. Dr. Auster hob das hochnotpeinliche Halsgericht im Namen des hochedlen hochweisen Rates der Stadt Zittau sowie Kraft seines Richteramtes auf.

Nun hatte alles ein Ende, für Christian waren die Messen gesungen. Was jetzt kam, wollte er mit Fassung tragen, sich in den letzten Minuten seines Lebens keine Blöße mehr geben. Die Tränen versiegten und starren Blickes bestieg er den vorgefahrenen Leiterwagen. Ihm gegenüber nahm der Katechet Jentsch Platz. Während der Fahrt, aus dem Böhmischen Tor hinaus zur Richtstätte am Rabenstein, sprach er tröstend auf ihn ein. Auch das Volk strömte jetzt dahin. Einige liefen voraus, andere folgten Christians Gespann. Keiner wollte den finalen Akt, die Enthauptung des Mörders, verpassen. Am Rabenstein angekommen, stieg Christian ruhig ab. Innerlich jedoch war er in höchstem Maße zerwühlt. Grausam war ihm bewusst, was er nun sah, würden die letzten Bilder von dieser schönen Welt sein: da das Schafott, dem gegenüber ein Holzpodest, auf das gerade die Gerichtsherren kletterten. Daneben standen so viele Menschen, wie er nie zuvor auf einen Haufen gesehen

Helle im Hinrichtungskostüm

hatte. Christian blickte noch einmal in den blauen Augusthimmel, dann betrat er über eine Holztreppe die Richtstätte. In seinem Hals würgte ein Kloß. Nichtsdestotrotz nahm er alle Kraft zusammen. Nachdem ihn der Katechet eingesegnet hatte, verneigte er sich gegen das Gericht und dankte mit deutlichen Worten nochmals für die ihm zuteilgewordene menschliche Behandlung. An das Volk gewandt sprach er:

„Meine lieben Freunde, ich bitte euch alle um Verzeihung wegen der großen Missetat, die ich begangen habe und die ich von ganzem Herzen bereue. Ich habe die Strafe verdient, die ich jetzt erleiden soll. Vergebt mir alle um Christi Willen! Nehmet euch alle an mir ein Beispiel, und ermahnet eure Kinder, dass sie nichts Böses tun, damit sie nicht dahin kommen, wo ich jetzt stehe mit Zittern und Beben. Gott wird mir verzeihen." [3]

Kaum brachte er das letzte Wort heraus, brach er innerlich zusammen. Seine Stimme versagte, der Katechet Jentsch stützte den Taumelnden und führte ihn zum Richtstuhl. Weit entrückt merkte Christian noch, wie ihm der Scharfrichter die Augen verband und den Hals freimachte. Dann: Ein Zischen, ein sicher geführter Schwertstreich und Christians Kopf rollte zu Boden. Saubere Arbeit – der Henker hatte seinen Auftrag gut erfüllt und erhielt dafür 10 Reichstaler.

---

(1) Zitat: Staatsfilialarchiv Bautzen 50302 Stadt Zittau, Nr. 238

(2) Der Stab galt früher als Zeichen richterlicher Gewalt. Nach der Verhängung von Todesurteilen wurde er (eigentlich über dem Kopf des Verurteilten) gebrochen und ihm vor die Füße geworfen. Daher auch das Sprichwort: „Über jemanden(m) den Stab brechen".

(3) Zitat: Stadtbibliothek Bautzen, Geschichte von Bertsdorf bei Zittau, Carl Gottlob Morawek, S.: 333 / 334

Hanka und Hatto – eine unsterbliche Liebe

Diese Geschichte als hundertprozentig wahr zu bezeichnen wäre übertrieben. Trotzdem beruht sie auf historisch verbürgten Tatsachen. Sie erzählt mehr als eine Sage, denn viele der Personen, Orte und Vorgänge hat es gegeben. Sie führen uns in eine Epoche, die weit vor der ersten Erwähnung des Namens Oberlausitz liegt. Es war eine raue, weitab heutiger Vorstellungen gelegene Zeit. Eine Zeit, deren Ereignisse dennoch wichtig sind, um die Charakteristik von Land und Leuten zu verstehen.

Zirka im Jahr 928 war es gewesen, als der ostfränkische König Heinrich I. versuchte, die östlich von ihm lebenden slawischen Stämme tributpflichtig zu machen. So auch das kleine Volk der Milzener, das im Kern zwischen Elbe und Neiße siedelte. Durch dichte Wälder schickte er seine Soldaten, damit sie von der Elbburg Misna (Meißen) eine Straße durch ihr Gebiet schlugen. Strada Antiqua Lusatiae nennen wir sie heute. Sie gilt als die erste ihrer Art durch die Oberlausitz

Ostfrankenkönig Heinrich I.

und führte vorbei am jetzigen Dresden, verlief über Bautzen, Jauernick bis nach Seidenberg (Zawidów, Pl). Im gleichen Zug ließ er in regelmäßigen Abständen Zwingburgen errichten. Sie dienten der militärischen Präsenz sowie als Ort für zu leistende Abgaben. Dass die Anwesenheit der Eindringlinge nicht ohne Probleme ablief, kann sich jeder vorstellen. Die Milzener wehrten sich nach besten Kräften und widersetzten sich, wo sie nur konnten. Immer wieder griffen sie die fränkischen Truppen im unwegsamen Gelände an. Nachdem 936 Heinrichs Sohn Otto I. die Macht übernommen hatte, setzte er deshalb einen Verwalter namens Gero für die slawischen Gebiete ein. Dieser mit einem Markgrafentitel ausgestattete Mann erfüllte seine Aufgabe mit Brutalität sowie mit List und Tücke. Gero wusste natürlich auch, dass nur eine gemeinsame Religion die endgültige sowie langfristige Unterwerfung der Slawen sichern konnte. Es galt, die Stämme vom Christentum zu überzeugen. Also folgten den Soldaten Benedektinermönche, die den Heiden die Botschaft Jesu Christi überbringen sollten.

Einer dieser Mönche trug den Namen Hatto. Nach Tradition des Benediktinerordens zog er allein durch Wald und Flur. Zunächst nur mit dem Ziel, Land und Leute sowie deren Sprache und Sitten kennenzulernen. Anschließend wählte er sich eine Anhöhe, rodete mühevoll Bäume, baute sich eine Klause und daneben eine kleine Kapelle. Dahinein setzte er sein liebevoll behütetes Marienbild, das er mit dem flackernden Schein eines ewigen Lichtes beleuchtete. Den Berg hatte der Mönch gezielt ausgesucht, denn hier oben stand eine Steinformation, an der die Milzener ihren Lichtgott, den Bielebog, verehrten. Oft pilgerten Menschen an diesen Ort. Besonders an den Tag – und Nachtgleichen kamen sie in Scharen. Hatto hatte es lange beobachtet: Immer wenn das Frühjahr und der Herbst ins Land zog, schien ein Lichtstrahl durch ein bestimmtes Loch im Felsen. Alle warfen sich dann zu Boden und beteten murmelnd ihren Sonnengott an. Stören wollte er sie dabei nicht, aber irgendwann schwang er abseits sein Glöckchen und lud die Leute ein, auch mal Maria, die Mutter Jesus Christus kennenzulernen. Denen, die neugierig kamen, erzählte er von Gott, dem einen, der für alle da war und die Menschen liebte. Er berichtete vom Sohn Gottes, der am Kreuz starb und hinterher in den Himmel fuhr. Da Hatto die Sprache der Milzener perfekt beherrschte, konnte er einige überreden, gleichfalls seine Messen zu besuchen. Doch nicht jeder mochte ihn. Mancher hätte ihn am liebsten fortgejagt, oder ihm Schlimmeres angetan. Sie hielten

Felsformation auf dem Drohmberg bei Bautzen

sich aber zurück. Sie wussten, dass er unter dem Schutz des fränkischen Königs und dessen Markgrafen Gero stand.

Auf diese Weise vergingen Jahr und Tag, bis Hatto eines schönen Frühlingstages ziellos in der Gegend umherstreifte. Geduldig beobachtete er Tiere, atmete tief in die Frühjahrsluft und erfreute sich des Duftes frischer Blüten. Wie herrlich ist doch Gottes Welt, wie großartig seine Geschöpfe! Lange dachte er vor sich hin, lief weiter und weiter, bis er auf einen Berg kam, den die Slawen Lubin nannten. Auf einem Fels sah er ein Mädchen sitzen. Regungslos starrte sie vor sich hin, als wäre sie aus Marmor gehauen. Ein bisschen mulmig war ihm zumute, aber er schüttelte sich, nahm allen Mut zusammen und ging zu ihr. Kaum stand er vor ihr, durchfuhr ihn der Blitz. Wortlos und ohne dass das Mädchen einen Ton von sich gab, traf ihn ein stechender Blick. Eine gefühlte Ewigkeit starrte sie ihn aus tiefbraunen Augen an. Mit ihren rabenschwarzen Haaren, mit Locken über der Stirn, rosafarbenen Wangen und sanftem, stolzen Mund, schien sie geradewegs einer Erzählung aus Tausendundeinernacht entsprungen zu sein. Beeindruckt von ihrer Schönheit, zog Hatto langsam die Kapuze vom Kopf. Kaum lag sein Haupt frei, kam Leben in das Mädchen. Sie atmete tief, richtete sich auf und strich ihre wallenden Haare nach hinten.

„Lauf weiter", sprach sie mit sanfter, eindringlicher Stimme.

„Mit deiner dunklen Kutte verdeckst du mir die Frühlingssonne."

Hatto verstand noch immer nicht, welch seltsamen Geschöpf er gegenüberstand. Die Erscheinung, der jugendliche Zauber berührten ihn und ließen ihn nicht weichen.

„Sag, was hat dir meine Kutte getan", entgegnete er dem Mädchen.

„Sind es nicht eher finstere Gedanken, die dir die Frühlingssonne verleiden?"

Entschlossen, sie kennenzulernen, nahm er auf einem anderen Stein daneben Platz.

Pfeilschnell sprang das Mädchen auf.

„Es steht dir nicht zu, dort zu sitzen", herrschte sie ihn an.

Das erschrockene Gesicht Hattos ließ sie sogleich einschwenken. Beinahe flehend bat sie ihn nun, aufzustehen, wenn ihm die Totenruhe etwas wert sei. Sie erzählte, dass vor langer Zeit sieben Könige ihres Volkes auf ebendiesem Berg Rat hielten und beschlossen, mit Waffen gegen die fränkischen Eindringlinge zu ziehen. Die Krieger des Feindes hätten sie alle getötet. Einer davon wäre ihr Großvater gewesen.

„Er und die anderen liegen neben ihren Kronen unter diesen Steinen begraben. Sie warten auf den Tag, an dem man sie wieder zu Hilfe ruft", sagte sie mit Tränen in den Augen.

Hatto legte seine Hand auf die Schulter des Mädchens.

„Das stimmt auch mich traurig und ich fühle mit dir", tröstete er sie.

„Doch sind wir nicht alle Kinder Gottes und müssen unserer Bestimmung folgen? Ist es nicht besser, die Wahrheit willig anzunehmen, als im Irrglauben falsche Götter anzubeten?"

Das Mädchen lächelte mitleidig.

„Was weißt du schon von meinen Göttern, was von Bielebog, dem Gott des Lichtes und des Frühlings?"

Ihre Augen funkelten.

„Und dein Gott, wer ist das? Eingesperrt in eine finstere Kapelle, genagelt ans Kreuz ist er niederträchtig und brutal, genauso wie euer Markgraf Gero."

Sie lachte höhnisch auf und lief davon. Hatto, in der Angst, sie nie wiederzusehen, raffte seine Kutte über die Knie und rannte hinterher.

Das Mädchen sah, dass sie ihn nicht abschütteln konnte und blieb stehen. Mit fragenden Augen sah sie Hatto an.

„Ihr rennt nach Budissin?", fragte er sie und schnappte nach Luft.

„Ja", antwortete das Mädchen mit fester Stimme.

„Ich bin Hanka, die Tochter des Cistibor!"

Hatto staunte nicht schlecht, wessen Bekanntschaft er gemacht hatte. Er kannte Cistibor. Er war ein Fürst des Stammes der Milzener. Ihm folgten die Dörfer um Budissin und er besetzte mit seinen Männern die Hauptburg des Landes Milsca.

„Nun steht es euch frei, jetzt könnt ihrs ja machen", sagte Hanka schnippisch.

„Hinterbringt meine aufsässigen Reden ruhig dem Gero. Ich fürchte mich nicht!"

Hatto gab sich versöhnlich.

„Ich verklage keinen beim weltlichen Herrn", entgegnete er Hanka.

„Stattdessen werde ich für dich beten. Möge Gott dir und deiner verirrten Seele vergeben.

Solltest du Rat und Trost suchen, komm ohne Scheu in meine Kapelle – ich warte und bin jederzeit für dich da."

Hanka lachte:

„Für Zuspruch weiß ich fürwahr einen anderen Ort."

Verblüfft blieb Hatto stehen und sah Hanka nach. Wie eine Fee rannte sie über die Felder, dass ihr Kleid im Wind flatterte. Was nicht sein durfte, war geschehen: In seinem Herzen zündelte ein Feuer, das schon bald in heller Flamme brennen sollte.

„Oh Siwa, schütze mich vor dem Kuttenmann!"

Hanka kniete nieder und flehte inständig. Hier, weit über dem an der Spree gelegenen Dorf Budissin, thronte auf hohem Felsen ebenjene Hauptburg der Milzener. Abseits davon lag Hankas Zufluchtsort, ein kleiner Tempel der Fruchtbarkeitsgöttin Siwa. Auf einem von zwei Schwänen gezogenen Wägelchen stand sie vor ihr. Mild lächelnd, mit dem Myrtenkranz um das Haupt und einer Rose in der Hand, war sie erkoren, ihr Volk mit den reichen Gaben der Natur zu beschenken. Für Hanka war sie jedoch mehr. Wenn die Sorgen sie plagten, wenn es ihr

Bautzen, Blick zur Ortenburg

schlecht ging oder sie etwas nicht verstand, lief sie hinauf, um von ihr Trost und Rat zu erbitten.

„Warum lasst ihr Götter es zu", fragte sie Siwa, „dass Männer in langen schwarzen Gewändern in unserem Land den Gekreuzigten aufstellen?"

Inständig bat sie sie, der Mönch möge sie nicht in seine Kapelle auf dem Berg Bielebog schleppen und mit blauen Augen zu Liebesgefühlen verleiten.

„Lass es genug sein und beende das dämonische Werk", forderte sie die Göttin auf.

„Zeige deine Macht, zeige mir und meinem Volk, dass du uns wieder hold bist!"

Doch Siwa blieb stumm. Ihr leises Lächeln schien Hanka zu sagen, dass es mit dem Regiment der alten Götter zu Ende ging. Es zu akzeptieren sollte für sie das Beste sein. Enttäuscht stand Hanka auf und stieg hinunter ins Dorf, hinunter zu den anderen und zu ihrem Vater. Wie sie ankam, fühlte er ihren Kummer und nahm sie wortlos in die Arme. Was beide nicht ahnten: Zur gleichen Zeit betete vier Fußstunden südlich ein Mönchlein zum Bildnis der Gottesmutter. Er bat um das Seelenheil von Hanka, dass sie den Weg des rechten Glaubens fände. Und auch seine Maria sagte kein Wort. Einzig ihr stiller Blick verriet: Das Schicksal liegt nicht allein in Gottes Hand. Es zu bestimmen ist auch eure Sache.

In den darauffolgenden Monaten sah es aus, als spännen Maria und Siwa dennoch heimlich die Fäden. Die Frage war: Wollten es Hanka und Hatto, oder trieb sie eine unsichtbare Kraft?

Gewiss vermochten es beide nicht zu sagen, aber seltsam schien es schon, wenn stets aufs Neue ihre Wege zusammenführten. Beinahe jeden Tag ging Hanka von magischer Hand geführt der Mittagssonne entgegen, während Hatto es umgedreht hielt und in Richtung Budissin lief. Auf diese Weise trafen sie sich immer wieder. Meist war es an einem

Ort zwischen dem Lubin und dem Tschernebog. Nie war es der gleiche Ort, nie die gleiche Zeit. Drei Umstände aber blieben unverändert: Sie redeten über Stunden miteinander, sahen sich dabei tief in die Augen und von Mal zu Mal fiel ihnen der Abschied schwerer. Erst wollten sie es nicht wahrhaben und sie kämpften dagegen an, doch vergebens: Sie verliebten sich unsterblich ineinander. Sie hielten sich in den Armen, lagen stundenlang im Gras, bis ihre Seelen und Körper in eins verschmolzen. Manchmal schauten Hanka und Hatto bange gen Himmel. Würden ihre Götter sie dieser Sünde wegen bestrafen? Aber nichts geschah. Kein Blitz zuckte am Firmament, kein Grollen war zu hören. Im Gegenteil: Die Sonne schien hell, die Vögel sangen ihr schönstes Lied und niemand kam vorbei, sie zu stören. Unsagbar glücklich und sorglos erlebten sie ihr Beisammensein. In ihrem Inneren erkannten sie: Das Göttliche liegt nicht im Himmel, es wohnt in uns selbst. Weder Maria und Jesus, weder Siwa, noch der weiße oder schwarze Gott hatten die Macht, sie zu trennen – nicht einmal der Tod.

So verging für die beiden ein Sommer voller Zuneigung und Emotionen. Viel zu schnell zerronnen die Stunden und der Herbst zog ins Land. Die Tage wurden kürzer, die Wiesen kühler und in den Wäldern erstrahlten die Bäume in den schillerndsten Farben. Für Hanka war diese Zeit die besinnlichste des Jahres. Ihr Herz schlug im Takt der ruhigen Natur. Es schlug in Liebe und Eintracht und nichts schien ihr Glück zu stören. Der beste Grund, dachte sie, nach langer Abwesenheit Siwa einmal dafür zu danken. Vor einer Stunde hatte sie sich bis morgen von ihrem Liebsten verabschiedet und kam gerade auf dem Berg Budissin an. Doch was ging hier vor?
Unversehens stieß sie einen grellen Schrei aus. Starr vor Schreck konnte sie nicht fassen, was vor ihren Augen geschah. Rücksichtslos fällten Zimmerleute des Markgrafen die Bäume. Aber nicht nur sie, auch Siwas Schrein war unter ihren Schlägen in tausend Stücke zerfallen.
„Nein, nein, nein!"
Ohnmächtig vor Wut beugte sie sich über die kläglichen Überreste und presste das einzig heil gebliebene Teil, die steinerne Rose aus Siwas Hand, an ihre Brust.

„Ihr Teufel", brüllte sie einen der Holzfäller an.

„Wie könnt ihr es wagen, die Beschützerin der Fruchtbarkeit zu zerstören!"

Der Mann lachte:

„Wen interessieren schon eure heidnischen Gespenster?"

Er griff sich ein derbes Stück vom Ast und drohte Hanka.

„Wir bauen hier oben eine feste Burg aus Stein, mit einem Turm, der bis hinunter ins Tal der Spree reicht. Ihr werdet bald sehen, welcher Gott bei euch das Sagen haben wird!"

Der Waldarbeiter schritt auf Hanka zu und jagte sie davon.

„Den Aberglauben treiben wir euch noch aus", rief er ihr hinterher.

Zu Hause lief Hanka direkt zum Vater. Der saß, wie so oft beim Nachdenken, auf seinem Stuhl im Hauptraum des Blockhauses. Hanka fiel auf die Knie, zeigte ihm die Überreste von Siwa. Schluchzend erzählte sie, was auf dem Berg vor sich ging. Cistibor nickte, er wusste seit einer Woche, dass Gero anstelle ihres alten Holzwalles eine neue Wehranlage errichten ließ.

„Der Markgraf will Tatsachen schaffen. Er will unser Land völlig in den Würgegriff bekommen."

Geheimnisvoll und vielsagend schaute Cistibor seine einzige Tochter an.

„Geh nur Hanka und gib die Hoffnung nicht auf. Wir Fürsten beraten bald, wie wir dagegen
vorgehen wollen."

Ein Geruch aufgeblühter Rosen erfüllte die Luft. Hanka richtete ihren Blick nach oben und war glücklich. Da flog Siwa, aufgerichtet saß sie im Wagen, der sanft am Himmel entlangglitt. Das rauschende Gefieder der Schwäne sang dazu ein leises Lied. Unvermittelt kam Siwa herunter, ergriff Hankas Hand und die Schwingen trugen sie hinüber zur Klippe, wo bereits Hatto wartete. Lachend streckte er ihnen die Hände entgegen, so als wolle er alle umarmen. Plötzlich ein Krachen, Gepolter und der Wagen stürzte ab. Jäh erwachte Hanka aus ihrem Traum. Augenblicklich saß sie senkrecht in ihrem Bett. Wie sie langsam zu sich kam, hörte sie Männer verhalten miteinander reden. Sie stand auf und schaute in den nächtlichen Hof. Sie sah ihren Vater, wie er mit den Oberhäuptern der Nachbargebiete, Misito und Semela, sprach. Gerade zündeten sie ihre Fackeln an und waren im Begriff zu gehen, da zog Hanka rasch ihr Kleid sowie den Zobelpelz über und rannte hinunter in den Hof.

„Geh zurück Hanka, geh wieder schlafen", befahl ihr der Vater.

„Wir treffen Entscheidungen. Kinder können wir dabei nicht brauchen."

„Kinder?"

Hanka blickte ihren Vater mit großen Augen an.

„Ich bin über 16 Jahre auf dieser Welt und gewiss kein Kind mehr!"

„Da hat sie Recht."

Verschmitzt blinzelte Misito Hanka zu.

Die fühlte sich bestärkt und bohrte weiter:

„Ich ahne, wohin ihr aufbrecht, du hast es mir selber gesagt. Ihr trefft euch bei den sieben Steinen auf dem Lubin und beratet, wie ihr Geros Bande am besten verjagen könnt."

„Ich bin deine Tochter und gehöre auch zum Volk", sagte sie mit fester Stimme.

„Warum also darf ich nicht dabei sein?"

Cistibor zuckte mit den Schultern und sah seine Begleiter fragend an.

„Wollen wir sie mitnehmen?"

Beide stimmten zu.

„Sie ist eine reife Jungfrau und begreift, worum es geht", meinten sie.

„Reif genug allemal, dir bald Nachwuchs zu schenken", lachte Misito und schaute Hanka vielsagend an.

Geflissentlich übersah sie diese Anspielung. Dankbar hakte sie sich beim Vater unter und hielt tapfer neben den Männern Schritt.

„In einem allerdings liegst du falsch", klärte Cistibor seine Tochter auf.

„Nicht zum Lubin führt unser Weg. Vielmehr gehen wir zum Löwenköpfigen auf den Tschernebog. Wir halten Rat, wollen dem schwarzen Gott Opfer bringen und ihn um Beistand bitten."

Durch dichten Wald führte der steile Weg. An einem randvoll mit Wasser gefüllten Steinkessel, den der schwarze Gott persönlich eingehauen haben soll, machten die Vier Halt.

„Es ist Tradition", sagte Cistibor, „uns an dieser Stelle zu waschen, auf dass uns die Götter gesonnen bleiben".

Sie knieten nieder, tauchten die Hände in den Kessel und benetzten ihre Gesichter mit dem geweihten Nass. Dann liefen sie weiter. Auf dem Berggipfel angekommen staunten sie nicht schlecht. Überraschend viele Menschen waren der Aufforderung zum Opferritual gefolgt. Hanka schaute sich um und stellte fest: Sie war nicht die einzige Frau. Auch andere hatten den beschwerlichen Weg auf sich genommen, um ihre Männer in dieser Nacht zu unterstützen. Gespannt warteten alle auf das bevorstehende Ereignis. Würde Tschernebog ihre Bitten erhören, würde er helfen, die Fremden aus dem Land Milsca zu vertreiben? Mit ihren Fackeln zündeten die Ältesten ein Feuer an. Jeder warf ein Opfer hinein und murmelte dazu ein Gebet. Cistibor zog ein totes Huhn aus seinem Beutel und gab es in die Flammen. Hanka indes überlegte. Sie hatte nichts mitgebracht. Spontan bat sie deshalb ihren Vater, ihr eine Locke abzuschneiden. Schweren Herzens erfüllte er ihren Wunsch. Hanka warf sie ins Feuer und flüsterte, so dass es niemand hören konnte:

Großpostwitz, Blick auf den Czorneboh

„Lieber Tschernebog beschütze uns. Mach mit Siwa und all den anderen Göttern, dass wir in Frieden leben dürfen. Bewahre mir meinen Liebsten, behüte mich und unser Kind ...“

Gerade hatte sie ihr Gebet beendet, da erfüllte ein Summen die Luft. Alte Lieder wurden angestimmt. Erst leise, dann lauter fielen die Umstehenden in den Gesang ein. Trommeln schlugen im Takt. Hanka streckte die Arme nach oben und begann zu tanzen. Immer schneller drehte sie ihre Runden, bis sie alles um sich vergaß. Aus einer anderen Welt erschienen ihr die Mutter sowie die Schwester vor Augen. Beide waren bei der Geburt verstorben, doch jetzt zogen sie Kreise um Hanka, lachten, küssten und winkten ihr zu. In ihrem Taumel sah sie wunderschöne Bilder, solche, die sie bisher nicht einmal im Traum erleben durfte. Schlagartig aber schwanden ihre Visionen. Die Verbindung riss, denn ihr Vater stand nicht mehr am Feuer.

Ernüchtert schaute Hanka in die Runde. Immer noch hörte sie Trommeln und Gesang, immer noch bewegten sich die Frauen im Reigen. Die Reihen der Männer jedoch hatten sich gelichtet. Wohin waren sie gegangen? Instinktiv lief Hanka ein Stück bergab in die Dunkelheit. Erst sah sie keine Hand vor Augen, dann aber hörte sie Stimmen und erkannte zwischen den Bäumen, dass die Fürsten der einzelnen Stämme sowie einige andere kreisförmig auf einer kleinen Lichtung standen. Mucksmäuschenstill versteckte sich Hanka hinter einem Baumstamm und lauschte. Sie sah, wie Misito in den Ring trat und sprach:

„Wir sind in dieser Nacht zusammengekommen, um Opfer zu bringen und zu beraten. Wer etwas vorzutragen hat, möge in unsere Mitte treten.“

Den Anfang machte Semela.

„Ich klage Gero an, den Markgrafen des Königs der Franken! Er erniedrigt die Söhne und Töchter des freien Landes Milsca. Zinsen und fronen lässt er uns, sein Weg heißt Raub und Gewalt. Wir wollen frei sein – machen wir einen Spruch!“

Nach Semela betrat ein Zweiter das Zentrum. Hanka kannte ihn nicht.

„Ich klage den Gekreuzigten Namens Jesus an“, skandierte dieser voll Hass.

„Die Christen beten ihn inbrünstig an. Doch er ist ein finsterer Mensch, einer der versucht, unsere Götter zu verjagen. Jagen wir stattdessen ihn davon – machen wir einen Spruch!"

Dann kam ihr Vater in die Runde.

„Geros Schergen haben das Bild der Siwa zerschlagen. Anstelle des Walles auf dem Berg Budissin, bauen sie eine finstere Zwingburg mit Türmen und Verliesen. Das dürfen wir uns nicht gefallen lassen – machen wir einen Spruch!"

Ähnlich kamen nach ihm noch andere in den Kreis. Allesamt forderten sie einen Spruch. Das hieß im Klartext: Sie verlangten einen Entscheid, Geros Truppen mit vereinten Kräften aus dem Land zu jagen. Alle stimmten dafür: Also trat Misito wieder in die Mitte.

„Heute ist schwarzer Mond", sprach er.

„Sammelt Getreue und rüstet die Waffen. Zum nächsten Vollmond wird die große Schlacht geschlagen."

Keiner stand abseits. Alle schworen sich auf das Ereignis ein. Sie entschieden, auch die neue Burg zu zerstören sowie die christlichen Mönche mit Schimpf und Schande wegzujagen.

Hanka hinter ihrem Baum erschrak:

„Die Mönche verjagen? Niemals! Nicht Hatto!", schoss es ihr durch den Kopf.

Just in diesem Moment bemerkte sie, wie die Männer sich anschickten zum Feuer zurückzulaufen. Rasch huschte sie aus ihrem Versteck. Noch heute, das nahm sie sich vor, würde sie Hatto warnen – unbedingt!

An Schlaf konnte sie an diesem Vormittag nicht denken. Kaum ging jeder seiner Arbeit nach und Vater begab sich eine Weile zur Ruhe, rannte Hanka los. Meistens trafen sie sich unten am Lubin, doch für heute war kein Treff vereinbart. Also lief Hanka weiter bis zu Hattos Klause auf dem Bielebog. Unterwegs rasten ihr die Gedanken wie Blitze durch den Kopf. Nicht auszumalen, wie das Volk ihren Geliebten mit Knüppeln aus dem Land jagte. Zwar wollte sie, dass Geros Bande verschwand, aber bitte nicht ihr Hatto! Wie bloß sollten sie es anstellen, dass er hierbliebe, noch dazu, wo sie ein Baby erwartete. Erst kürzlich hatte sie bemerkt, dass etwas in ihrem Leib vorging und daraufhin die alte Mara befragt. Jetzt war sie sicher, hatte bisher jedoch niemandem von ihrer Schwangerschaft erzählt. Fast ohnmächtig vor Liebesangst hastete sie den Bielebog hinauf und fiel Hatto um den Hals.

„Unser Volk hat beschlossen, Gero zu vertreiben. Auch dich werden sie wegjagen und das schon zum nächsten Vollmond", stammelte sie und krampfte sich in Hattos Schultern.

Nach einer Weile stiller Umarmung beruhigte Hatto seine Liebste und sie erzählte ihm, was in der Nacht vorgefallen war. Hatto nickte betrübt.

„Ich weiß", seufzte er.

„Ihr braucht unseren Gott nicht, einen Gott, den der fränkische Herrscher und seine Paladine nur vorschieben, um euch zu beherrschen."

Hatto nahm Hanka bei den Händen und erzählte, dass er seit sie sich kennen keinen einzigen Heiden mehr bekehrt habe. Gegen Gottes Willen wäre es, von ihrem Volk, das in Ruhe und frei leben möchte, gewaltsam Tribut zu verlangen.

„Und überhaupt, was die Götter betrifft ..."

Hatto schaute Hanka zärtlich in die Augen.

„Es ist mühselig zu streiten, welche die Rechten sind. In den Momenten, wo unsere Körper und Seelen eins waren, habe ich es gespürt: Nur das ist wahr, woran wir im Innern glauben und was wir fühlen. Unsere Liebe steht über den Göttern. Nichts und niemand kann sie zerstören."

Hanka schwebte wie auf Wolken. Keine Liebeserklärung konnte warmherziger und ehrlicher sein. Der Moment gab ihr Mut, Hatto von ihrem Kind zu erzählen. Überglücklich zog er Hanka an sich und sie blieben die ganze Nacht zusammen. Beim Auseinandergehen versprach Hatto:

„Ich ziehe die Kutte aus. Du und unser Kind sind mir tausendmal wichtiger als mein Gelübde. In ein paar Tagen komme ich und werde einer der Euren sein. Ich hoffe, dein Vater wird das verstehen und uns seinen Segen erteilen ..."

Zunächst aber gab es Schelte. Der ganze Hof war in heller Aufregung. Noch nie war Hanka die Nacht über weggeblieben. Wo auch sollte sie bleiben? Eben rief Cistibor zwei Knechte herbei, um mit ihnen seine Tochter zu suchen, da kam sie freudestrahlend anspaziert. Alle waren froh, sie wohlbehalten wiederzusehen. Die Ankündigung, bald würde sie ein wunderbares Geheimnis lüften, besänftigte ihren Vater. Bald hörte er auf zu schimpfen und drückte Hanka an seine Brust. Was er und die anderen jedoch nicht ahnten: Weitab von Budissin kam es zur gleichen Zeit zu einem Ereignis, das Unglück heraufbeschwor. Es begann Ende vorigen Jahres, wo es sich zugetragen hatte, dass der Sohn eines Milzenerfürsten Cistibor antrug, Hanka zu freien. Die aber lachte nur und meinte, sie wäre zu jung und außerdem müsse die Liebe aus dem Herzen und nicht auf Bestellung kommen. Wütend machte der Antragsteller, dessen Namen die Geschichte vergessen hat, kehrt. Statt Hankas Ablehnung wie ein Mann zu tragen, zerfraß ihn gekränkte Eitelkeit. Er verstieg sich derart in Groll, dass er so oft wie möglich den Weg nach Budissin nahm und Hanka nachspionierte. Wie er sah, dass Hanka heimlich einen anderen traf, kam grenzenlose Eifersucht dazu. Der vergangene Nacht geleistete Schwur, schienen ihm geeignet, sich zu rächen. Nicht an sein Volk dachte er, einzig Cistibor und Hanka anzuschwärzen, ließen ihn geradewegs zu Gero laufen.

„Gut gemacht", lobte ihn der Markgraf, nachdem er alles vom Komplott gegen ihn und der unzüchtigen Liebe zwischen einem wendischen Mädchen und einem Mönch erfahren hatte.

„Dein Treuebeweis soll dir zum Schaden nicht sein."

Wohlwollend warf er dem Verräter einen Beutel Silberstücke zu und ließ ihn abtreten. Kurz darauf rief er vier Meldereiter herein.

Drei Tage später sprang Hanka immer noch aufgeregt zwischen Haus und Stall umher. Mal saß sie am Spinnrad, mal beteiligte sie sich an der Hausarbeit oder versorgte die Tiere. Ständig hielt sie Ausschau, wann ihr Liebster endlich käme und beide dem Vater ihre Heiratsabsichten gestehen konnten. Heute allerdings wunderte sie sich, denn statt Hatto betraten abermals Misito und Semela das Gehöft. Sie wechselten mit ihrem Vater ein paar Worte, dann verschwanden sie im Haus. Hanka wäre nicht Hanka gewesen, hätte sie sich nicht hinter einem Pfosten versteckt und gelauscht. Da die Drei leise miteinander sprachen, bekam sie nicht alles mit. Gleich am Anfang beantwortete ihr Vater Misitos Frage, ob er eine Einladung erhalten hätte mit ja. Auch bei ihm wäre ein reitender Bote des Markgrafen aufgetaucht. In fünf Tagen, so viel hörte Hanka heraus, würde Gero auf seiner Burg ein Festmahl für die wendischen Fürsten ausrichten. Es ginge um Abgaben, Gerechtigkeit und Klagen. Genau konnte es Hanka nicht verstehen, doch anfangs schienen die Männer uneins, ob man angesichts des bevorstehenden Aufstandes die Einladung annehmen solle. Zum Schluss aber stimmten sie zu.

„Wenn wir nicht gehen, machen wir uns verdächtig", sagte Semela laut, dass es Hanka deutlich hören konnte.

Die Drei verabredeten, übermorgen gemeinsam aufzubrechen, gaben sich die Hand und gingen auseinander. Hanka indes ahnte Böses. In der darauffolgenden Nacht quälten sie Alpträume. Krieger kämpften wild und wateten im eigenen Blut. Mittendrin stand Hatto und riss verzweifelt die Arme in den Himmel. Schweißgebadet wachte sie auf. Sie hielt es nicht mehr aus und überlegte kurz. Dann lief sie, trotz dass sie sich verriet, zum Vater.

„Bitte Vater", flehte sie ihn an, „geht nicht zum Markgrafen, schlagt die Einladung aus. Ich fühle es, ich sah es im Traum – ihr lauft in eine Falle."

Fassungslos sah Cistibor seine Tochter an.

„Da hört sich doch alles auf! Gelauscht hast du also!"

„Hätte Neugier Flügel, würdest du zwitschernd durch die Lüfte fliegen", schimpfte er.

Nachdem er sich wieder beruhigt hatte – und das ging schnell, wenn er in Hankas Augen schaute – zerstreute er ihre Bedenken. Schließlich, so meinte er, seien die Fürsten eingeladen und Gäste sind heilig. Das wäre bei einem wie Gero nicht anders. Außerdem fände er es nützlicher, belehrte er seine Tochter, sie würde sich mehr im Haus umtun, als sich in Herrscherangelegenheiten einmischen. Hanka jedoch ließ nicht locker.

„Vater höre doch wenigstens auf die Träume. Sie sind Botschaften der Götter und lügen nicht."

Sie nahm Vaters Hand.

„Ich beschwöre dich. Der Markgraf ist ein brutaler, hinterhältiger Mann. Selbst Hatto sagt ..."

Hanka biss sich auf die Lippen.

„Hatto?"

Vater zog die Stirn kraus. Doch Hanka hatte Glück, eben kamen Dobislaw und Sabomir vom Nachbarhof. Mit ihnen wollte Vater heute zwei Bäume fällen. Statt Fragen zu stellen, winkte er ab und schulterte seine Axt. Sorgenvoll blickte Hanka den Männern nach. Kurz darauf verschwanden sie im Wald.

Hanka schwieg und betete zu sämtlichen Göttern, die Reise ihres Vaters möge ein gutes Ende nehmen. Sie sprach kein Wort, als er sein bestes Gewand anlegte, das Pferd aus dem Stall holte und gemeinsam mit Misito und Semela zum Markgrafen ritt. Wie sie dort ankamen, stellten sie fest, dass alle Fürsten pünktlich erschienen waren und niemand fehlte. Diener führten sie in den Palas der Burg, in dem Gero zwei lange Tafeln hatte vorbereiten lassen. Sie nahmen Platz und schauten einander erwartungsvoll an. Was wohl der Markgraf mit ihnen zu bereden hatte? Vielleicht, so sprachen einige mit gedämpfter Stimme, würden die Dinge zum Guten gedeihen und das Volk brauche nicht zu den Waffen greifen. Dass einer ihren Schwur verraten hatte und sie längst auf der Schlachtbank saßen, davon ahnten sie indes nichts.

Ewig brauchten die Fürsten nicht zu warten. Gero erschien und erklärte mit freundlicher Mine, dass sie heute zusammengekommen wären, um Missverständnisse und aufkommenden Unmut zu beseitigen. Klagen wegen Ungerechtigkeiten sowie verübter Gewalttaten seien ihm zu Ohren gekommen. Auch müsse man über die gerechte Verteilung der Lasten und die Verpflegung der Burgbesatzungen verhandeln.

„Nichts liegt mir mehr am Herzen, als mit den slawischen Stämmen in Frieden und Eintracht auszukommen", beteuerte Gero und legte die Hand auf seine Brust.

„Doch bevor wir beraten, lade ich euch als Zeichen meiner Gewogenheit zum Trunke und zum Schmause ein."

Den sonst eher bescheiden lebenden Fürsten gingen die Augen über. Einen ganzen Ochsen hatte Gero braten lassen. Dazu fuhren seine Diener Hirschrücken, Birkhühner und unbekannte Fischarten auf. Auch Schalen mit Bärenschinken, mit Gemüse, mit Äpfeln sowie fremdartigen Obstsorten kamen auf die Tafel. Das Wichtigste aber war der Wein. Sie schenkten ihn in großen Pokalen aus. Nicht etwa saure Sorten, wie sie sie zu Hause aus Äpfeln und Schlehen machten, sondern goldgelbe und glutrote, die schon nach dem ersten Schluck ins Blut gingen. Mit jedem gefüllten Kelch schwanden so die Bedenken, lauter wurden die Stimmen und röter die Wangen. Weit hinter Mitternacht hatten die Gäste fast alle Teller, Spieße und Fässer geleert. Das Augenlicht verschwamm und den meisten fielen die Köpfe auf den Tisch. Kein Wunder, dass in diesem Zustand niemand merkte, wie Geros gefälliges Lächeln allmählich in hinterhältiges Grinsen überging. Er zog eine kleine Hirschhornpfeife aus seinem Wams. Auf ihren hellen Ton stürzten plötzlich Bewaffnete herein. Ohne auf Gegenwehr zu stoßen, stachen sie mit Schwertern und Dolchen auf die Wehrlosen ein. Selbst Cistibor, einer der bis dahin halbwegs Nüchternen, war außerstande, sich zu wehren. Bevor er sich versah, bekam er einen Stich in die Brust, danach einen Schlag auf den Kopf. Für Bruchteile erschien ihm noch einmal die flehende Tochter vor Augen.

„Hanka", kam leise über seine Lippen, dann schwanden ihm die Sinne.

Zur Abschreckung, wie er sagte, ließ Gero die Ermordeten vor die Burg werfen. Einfache Bauern fanden sie, luden die Leichen auf Karren und brachten sie zu ihren Stämmen. In Budissin sah Hanka die Leute mit hängenden Köpfen herannahen. Regungslos blickte sie ihrem Vater ins Gesicht. Keine Träne rann ihr dabei über die Wangen. Mit einem Mal schien es ihr, als sei ihr Herz aus Stein. Jeden Beistand und alle tröstenden Worte wies sie zurück. Still wusch sie ihren Vater, dann zog sie ihm das Leichenhemd an. Nach alter Tradition wollten sie ihn verbrennen und in einer Urne beisetzen. Bis es so weit war, blieb sie neben ihm und hielt im weißen Trauerkleid die Totenwache. Aber selbst das schien ihr Gero nicht zu gönnen. Bereits am nächsten Tag erschienen seine Schergen im Dorf. Wo Cistibors Tochter wäre, fragten sie.

„Wir sind gekommen, sie zu holen."

Hasserfüllt spuckte sie den Soldaten vor die Füße.

„Ha", lachte sie bitter, „meinen Vater erschlagen ist euch anscheinend nicht genug, nun ist die Reihe wohl noch an mir!"

Benediktinermönch

Widerstandslos ließ sie sich mitnehmen und die Soldaten führten sie direkt zu Gero. Der Schreck fuhr ihr in die Glieder, denn dort sah sie Hatto. Gefesselt stand er vor dem Markgrafen, rechts und links neben ihm saßen seine Lakaien. Als Hanka sah, sie hielten kleine Stäbe in ihren Händen, fürchtete sie, was passiert: Gericht wollen sie halten, die feinen Herren! Nach dem Todesurteil würden sie die Stecken zerbrechen und ihr vor die Füße werfen. Bloß warum war Hatto hier? Traurig, trotz allem aber zärtlich und tröstend schaute er Hanka an. Mehr brauchte es nicht, sie verstand ihn auch ohne Worte ...

„Hatto, Mönch des Ordens der Benediktiner", eröffnete Gero sein Gericht.

„Ihr seid angeklagt der Verletzung eures Gelübdes, gleichsam der Buhlschaft mit Hanka, der Tochter Cistibors. Sagt, was habt ihr zu erwidern?"

Hatto schwieg. Gero ging schnell darüber hinweg und fragte Hanka:

„Hanka, Tochter des Wendenfürsten Cistibor! Ihr seid angeklagt, mit teuflischen Zauberkünsten Hatto, einen geweihten Diener des Herrn, in sündhafte Frevel verstrickt zu haben. Sagt, was habt ihr zu erwidern?"

„Unnütz, zu erwidern", antwortete Hanka.

„Brauchtest du ein Gericht, um meinen Vater zu töten?"

Aufrecht stand sie dem Markgrafen gegenüber.

„Du bist ein feiger Meuchelmörder, für den sich bald ein ehrlicher Richter finden wird. Ich verfluche dich, auf dass du und dein Stamm erlösche."

Gero lachte und meinte, dass ihn der Fluch eines kleinen Mädchens nicht schrecken könne.

„Hatto", wendete er sich wieder an den Mönch.

„Bekennt ihr euch schuldig, Buhlschaft mit der Slawentochter Hanka getrieben zu haben?"

„Ja."

„Sagt, welche Hexenkünste hat sie angewendet, dich zu verführen?"

„Keine."

„Bedenkt, was ihr antwortet", beschwor Gero den Mönch.

„Solltet ihr Opfer höllischer Zauberkünste sein, trage ich euch lediglich auf, barfuß im Büßerhemd nach Rom zu wallfahren. Dort werdet ihr von eurer Sünde befreit."

Doch Hatto schüttelte den Kopf.

„Nein ich liebe Hanka mit meinem ganzen Herzen. Dafür brauche ich vor keinem Gott oder dem Papst Abbitte leisten. Ich muss weder Reue zeigen, noch will ich Buße tun ..."

„Genug", schrie Gero.

„Du lästerst Gott. Ich sehe, euch Beiden ist nicht zu helfen!"

Gero und seine Beisitzer brachen ihre Stäbe und warfen sie vor Hanka und Hatto auf den Boden.

„Ihr seid des Todes", rief er, winkte die Wächter heran und ließ das Paar hinausschleifen.

Getrennt fuhr man die beiden in zwei mit Holzkäfigen bestückten Karren weg. Hanka wunderte sich, denn die Strecke kam ihr bekannt vor. Und wie sie vermutete, lag sie richtig. Geros Leute brachten sie zurück nach Budissin, auf die im Bau befindliche Burg. In der Nähe einer halbfertigen Mauer befahlen ihnen die Soldaten, sich auf dem Boden zu setzen. Einen Augenblick später kamen Maurer heran und begannen, um sie herum Steine aufzuschichten. Die Bosheit des Markgrafen kannte keine Grenzen. Seine Knechte waren dabei, sie bei lebendigem Leib einzumauern. Als Hanka und Hatto das erkannten, blieben sie dennoch gelassen, hatten sogar ein mildes Lächeln auf den Lippen. Hatto ergriff Hankas Hände.

„Liebste ist dir bang?"

„Nein",entgegnete sie furchtlos.

„Wie sollte mir bang sein, wir und unser Kind sterben ja gemeinsam. Bald sind unsere Seelen in einer zeitlosen Welt vereint. Kein Gero und kein einziger seiner Spießgesellen kann uns dort etwas anhaben."

Gerade als der letzte Sonnenstrahl in ihr Grab schien, zog Hanka aus ihrem Kleid ein Säckchen heraus. Bevor Geros Häscher sie gestern fortführten, blieb ihr ein kurzer Moment, es heimlich einzustecken.

„Hier für dich", sagte sie und reichte Gero eine Handvoll getrocknete Pflanzen.

„Mache es wie ich, nimm sie und wir müssen nicht leiden."

Auge in Auge schluckten sie die Kräuter. Dann legten sie sich umschlungen auf den Boden und die Dunkelheit umschloss ihre Leiber. Friedlich schliefen sie nebeneinander ein.

Epilog

Ob es an Hankas Fluch lag, darüber berichten die Geschichtsschreiber nichts. Verbürgt allerdings ist, dass es ab dem Jahre 951 zu Verwerfungen zwischen Gero und dem ostfränkischen König Otto I. kam. Er behielt zwar den Markgrafentitel, wurde aber in den herrschaftlichen Annalen kaum noch erwähnt. Mit der Verwaltung der zu diesem Zeitpunkt lose beherrschten slawischen Gebiete beauftragte der König später einen anderen. Mit seinen Söhnen hatte Gero ebenfalls wenig Glück. Beide, Gero und Siegfried, waren schwerkrank und verstarben früh. Vielleicht auch, um für diese zu bitten, unternahm Gero zwei Pilgerfahrten nach Rom. Manche Historiker vermuten, ihn quälte das schlechte Gewissen. Er wollte deshalb Sühnen bzw. Buße tun. Deswegen bzw. weil er höchsten Orts in Ungnade gefallen war, plagte ihn die Sorge um sein Totengedenken. Er hinterließ daher zahlreiche Stiftungen. Am 20. Mai 965 verstarb Gero. Sein Sarkophag liegt in der Stiftskirche St. Cyriakus in Gernrode.

Und die Milzener, wie ist es ihnen ergangen?

Sie kamen ab 990 vollends unter deutsche Herrschaft. Um das Jahr 1000 setzte eine massive Christianisierung ein und auch der Ausbau der Burgen schritt voran. Die Ortenburg entstand und östlich von ihr später die Stadt Budissin. Vom Markgraftum Oberlausitz war zu dieser Zeit freilich noch keine Rede. Man bezeichnete das Gebiet als Milzenerland oder, wie Thietmar von Merseburg schrieb, als Land Milsca. In diesen relativ dünn besiedelten Raum wanderten ab Ende des 11. Jahrhunderts deutsche Siedler ein und gründeten eigene Dörfer. Natürlich blieb das für die Slawen nicht ohne Folgen. Einerseits ging der Stamm der Milzener im Laufe des 12. Jahrhunderts in den Sorben auf. Andererseits gab es in der Folgezeit viele Slawen und Deutsche, die es den Helden dieser Geschichte nachmachten und sich verliebten. Im Gegensatz zu Hanka und Hatto, durften sie heirateten und bekamen Kinder. Fast jeder, der seine Wurzeln östlich der Elbe hat, kann sicher sein: Mehr oder weniger ist er einer ihrer Nachfahren. So gesehen sind Hanka und Hatto nie gestorben. Sie leben weiter in uns, in den Bewohnern unserer schönen Oberlausitz.

Mortwa Holčka – Ermordetes Mädchen

Manche Quellen weisen die folgende Geschichte als Sage aus, andere meinen, es handle sich um eine wahre Begebenheit. Die Tendenz geht eindeutig zu letzterer Auffassung, denn zu real sind Orte und Personen, zu überzeugend ein bis heute vorhandenes Denkmal. Wie der zweisprachige Titel erahnen lässt, spielte sich das Geschehen im Sorbischen ab. In hiesigen Gefilden ist das nichts Ungewöhnliches. Noch dazu es in der Gegend der Heidedörfer stattfand, die früher fast ausschließlich Slawen bewohnten. Als sie vor rund 1.300 Jahren das Gebiet besiedelten, bevorzugten sie flaches Land. Die gebirgigen Bereiche im Süden der Oberlausitz mieden sie eher. Erst viel später, im 12. Jahrhundert, kultivierten deutsche Siedler aus Franken und Thüringen auch diesen Teil unserer Heimat.

Doch nun zur Geschichte – was war passiert? Anno 1660, zwölf Jahre nach Ende des Dreißigjährigen Krieges, berichten Überlieferungen von einem Mann namens Jakub Scholze. Er war Erbrichter in Cunnewitz und damit Schankwirt des Ortes. Bei den Leuten in der Gegend galt er als wohlhabender Mann, wenn nicht gar als reichster der Kirchspiele Wittichenau und Crostwitz. Sie beneideten ihn aber nicht nur wegen des Geldes. Vor 17 Jahren gebar ihm seine Frau Ursula ein Mädchen, das bis dato das einzige Kind der Familie geblieben war. Die Schönste weit und breit sei sie gewesen. Ihre schwarzen, seidenweichen Haare umkleideten ein sanftes Gesicht, aus dem große blaue Augen neugierig in die Welt schauten. Ging sie vorüber, schwebte die schlanke Figur anmutig im Takt ihrer Schritte dahin. Keinen Burschen im Umkreis von drei Meilen ließ das kalt. Kaum einer, der sich nicht nach ihr verzehrte. Marie, so hieß das Mädchen, machte etwas her und ihre Eltern waren stolz auf sie. Einen guten Mann sollte sie einmal haben, Nachwuchs bekommen und ein angesehenes Mitglied der dörflichen Gemeinschaft werden. Überhaupt galten Frauen den Sorben als gleichwertige und wichtige Stützen des Volkes. Sie liebten und verehrten sie, auf keinem Fest, bei keinem Ereignis durften sie fehlen. Besonders die Unverheirateten waren als herausgeputzte Jungfrauen – sogenannte Druschkas – unverzichtbar. Mit angelegter Tracht wollte dabei eine hübscher sein wie die andere. Das wusste auch Vater Jakub und ließ von einem Budissiner Goldschmied für seine Tochter einen extra Kopfschmuck anfertigen. Zwölf Dukaten an einem grünen Band sollten bei besonderen Anlässen einen goldenen Kranz in ihren Haaren bilden.

Im Sommer jenes Jahres ritt Jakub Scholze an einem Sonnabendvormittag nach Budissin, um das Geschmeide abzuholen. Er nahm das Stück in die Hände und betrachtete es von allen Seiten.

„Prachtvoll", lobte er die Arbeit des Meisters und nickte anerkennend.

„Damit wird meine Marie die angesehenste Druschka auf jedem Fest sein!"

Er war gespannt und freute sich auf die glücklichen Augen seiner Tochter. Allerdings wollte er im Hintergedanken auch zeigen, zu wem das Mädchen gehörte. Die Leute sollten ruhig wissen, wer im Ort der Erbrichter und reichste Mann war. Billig kam ihm der Schmuck nämlich keineswegs. Da waren 12 goldene Dukaten zu bezahlen, dazu kamen das seidene Band und der Lohn für den Goldschmied. Kein Pappenstiel, doch bereits morgen würde Marie der ganzen Umgebung zeigen, was für eine gute Partie sie war. Matthias Scholze, der Namensvetter und Erbrichter im Nachbardorf Kotten, hatte sie auserwählt, eine der Taufpatinnen seines ersten Kindes zu sein. Eine große Ehre, die Marie da zuteil wurde. Aufgeregt lief sie deshalb seit vorgestern auf und ab und er wollte sie noch an diesem Nachmittag überraschen. Rasch bezahlte er den Goldschmiedemeister und verabschiedete sich von ihm. Auf dem Weg zurück trieb er sein Pferd bis zum Äußersten, denn er war gespannt, was Frau und Tochter sowie die anderen im Dorf zu seinem Geschenk sagen würden.

Sorbische Druschka

Kaum sprang Jakub vom Pferd, rannten alle auf dem Hof zusammen und umringten ihn. Sie spannten darauf, was er wohl aus Bautzen mitgebracht habe. Marie schrie begeistert auf. Sie nahm das herrliche Dukatenband behutsam in die Hände.

„Für mich", stammelte sie.

Eine Zeitlang stand sie wie angewurzelt und konnte ihr Glück kaum fassen.

Neugierig beschauten auch die anderen den Dukatenkranz. Solch ein schönes Stück hatten sie noch nie zu Gesicht bekommen. Kein Wunder, dass sich die Nachricht in Windeseile im Dorf verbreitete. Immer mehr Menschen kamen auf den Hof, um das prächtige Diadem zu bestaunen.

Jakub Scholze hieß sie jedoch, wieder nach Hause zu gehen.

„Kommt am Sonntag zum Bier hierher in die Scholtisei, da könnt ihr die Marie in ihrem neuen Haarkranz bewundern!"

Er zog seine Tochter heran und küsste sie auf die Stirn.

„Gleich morgen, wenn du als Taufpatin nach Kotten gehst, darfst du ihn anlegen."

Der Aufforderung, Marie zu bewundern, folgten die Dorfbewohner gern. Am Sonntag nach dem Kirchgang füllte sich die Gaststube binnen einer halben Stunde, sodass bald kein Platz mehr frei war. Doch gehen wollte niemand. Wer nicht sitzen konnte, trank seinen Krug Bier eben im Stehen. Gespannt warteten alle, wann endlich die goldgeschmückte Druschka herunterkäme.

„Gemach, gemach", hielt Jakub die Leute hin.

Er hatte voll zu tun. Soviel Bier wie an diesem Sonntag schenkte er sonst nie aus.

„Ihr wisst ja, solch eine Tracht anzulegen, dauert seine Zeit. Schließlich soll meine Tochter heute Nachmittag eine würdige Taufpatin sein."

In Maries Kammer, direkt über der Gaststube, hantierten indessen zwei Freundinnen und eine Magd an ihr herum. Sie wollten den Wunsch des Vaters so gut wie möglich erfüllen. Zwei der Mädchen zupften an Rock und Bluse, schnitten hier und da eine Naht auf und stichelten sie wieder zusammen. Die Dritte unterdessen knüpfte Marie mit geschickter Hand das Geschmeide in die Haare und steckte ihr die Haube auf. Zwei Stunden dauerte die Prozedur, bis eine der Freundinnen meinte, Marie wäre jetzt perfekt. Wie sie fände, sei sie die schönste Druschka, die die Cunnewitzer Gegend je gesehen hätte. Wie aufs Wort ging in diesem Moment die Tür spaltweit auf. Eine andere Magd steckte den Kopf ins Zimmer und fragte, wann sie herunterkämen. Die Eltern und das halbe Dorf würden schon wie auf Kohlen sitzen.

„Vor allem die Kerle", fügte sie kichernd hinzu.

„Na los, gehen wir runter", sagten die Freundinnen und schoben ihr ‚Meisterwerk' zur Tür hinaus.

Maries Herz klopfte bis in den Hals. Ein wenig sträubte sie sich:

„Vor den ganzen Leuten – muss das sein?"

Es musste, denn ihr Vater hatte ja versprochen, seine ‚Goldmarie' am Sonntag allen vorzuführen. Also liefen sie die Treppe hinunter, geradewegs in die Schankstube hinein. Kaum war Marie drinnen, ging ein Raunen durch den Raum. Ein Ah und Oh, als wäre den Anwesenden soeben ein Engel erschienen. Ihre Freundinnen drehten Marie mal rechts-, mal linksherum, damit man sie von allen Seiten eingehend betrachten konnte. Gleich daneben standen Vater Jakub und Mutter Ursula. Sprachlos, denn so anmutig hatten sie ihre Tochter noch nie gesehen. Auch die übrigen Leute reckten ihre Köpfe und nickten beifällig. Mit ihrem hellroten, filigran bestickten Rock, den zahlreichen Spitzenpartien sowie ihrer weißen Haube und der Rosa herabhängenden Schleife, war Marie fürwahr eine würdige Druschka. Doch die Tracht wäre nur halb so schön gewesen, hätte Maria nicht diesen prächtigen Schmuck getragen. Glanzstück war das neue Dukatengeschmeide. Dazu kam – dort wo andere Mädchen lediglich Perlen trugen – eine Talerkette, die ebenfalls hohen Wert besaß. Beides zusammen zeigte, dass Marie nicht aus armem Haus stammte und in jedem Fall nur einen ebenbürtigen

Partner heiraten würde. Im wahrsten Sinne hautnah bekam das einer der jungen Männer zu spüren. Als er an Maries silbernen Brustschmuck fasste, kriegte er – klatsch – von Vater Jakub eins auf die Finger.

„Ich wollte ja nur …", meinte der Bursche beleidigt und drängelte sich durch die Umstehenden nach hinten an seinen Tisch.

„Pass doch auf du Lackel!"

Der soeben von Jakub Gescholtene erschrak und sah in zwei irr blitzende Augen. Offenbar war er bei seinem Rückzug jemandem unsanft auf die Füße getreten. So schnell, wie der ihn am Kragen packte, ließ er auch wieder los. Statt ihm eine reinzuhauen winke er ab und und machte das, was er die ganze Zeit getan hatte: Er starrte auf Marie. Bisher hatten die Anwesenden den Fremden nicht sonderlich beachtet, denn viele kannten ihn als harmlosen Bettler. Sie vermuteten, dass er aus dem Böhmischen kam und im Krieg als Soldat gedient hatte. Nicht selten kam er in die Gegend von Wittichenau, ging von Haus zu Haus, und bat um Almosen. Er wusste, bei den Sorben lohnte das mehr als in deutschen Dörfern. Dort verjagte und beschimpfte man ihn oft. Die Leute hier erschienen ihm freundlicher. Fast immer bekam er von ihnen ein Stück Brot, manchmal sogar etwas Geld. Was keiner ahnte: Hinter dem unterwürfigen Bettlerlächeln verbarg sich ein verrohter Charakter. In den harten Jahren des Dreißigjährigen Krieges waren aus ihm die menschlichen Gefühle wie Pulverrauch verflogen. Er kannte nur töten und getötet werden. Ein Leben galt für ihn nichts. Oft genug, wenn er und seine Spießgesellen durch die Lande zogen, haben sie der Bevölkerung Hab und Gut geraubt. Wer Widerstand leistete, den metzelten sie gnadenlos nieder. Ob Frau oder Mann, Kind oder Greis, spielte dabei keine Rolle. Auch in Marie sah er nicht wie die Anderen ein wunderschönes, begehrenswertes

Cunnewitz, Kapelle an der Dorfstraße.

119

Mädchen, sondern lediglich ein wandelndes Geldbäumchen, das er alsbald zu schütteln gedachte.

Auf eine Gelegenheit brauchte er nicht lange warten, denn für alle hörbar verkündete Vater Jakub nach einer halben Stunde, dass es jetzt an der Zeit wäre.

„Mach dich langsam auf den Weg", sagte er zu Marie.

„In Kotten wird Matthias Scholze froh sein, wenn du rechtzeitig eintriffst."

Der Hanka, seiner jüngsten Magd, wies er an, Marie zu begleiten.

„Heutzutage sind die Wege zwar halbwegs sicher, aber seid ihr zu zweit, ist es mir lieber."

Nachdem Marie und ihre Freundinnen den Raum verlassen hatten, setzen sich die Gäste wieder auf ihre Plätze. Vater Jakub und Mutter Ursula hingegen liefen mit hinaus auf die Straße. Dort umarmten sie ihre Tochter und wünschten gutes Gelingen für ihre Mission. Dass der Bettler längst verschwunden und flinken Fußes in Richtung Kotten gerannt war, hatten sie im Trubel der Ereignisse nicht bemerkt.

„Mach uns keine Schande", zwinkerten sie ihr arglos zu.

Danach liefen die Mädchen los. Die Eltern winkten ihnen noch ein Weilchen nach, dann gingen sie zurück in die Schankstube.

Das Wetter meinte es an diesem frühen Sonntagnachmittag gut mit den Mädchen. Ein paar Schäfchenwolken hingen am Himmel, die Luft war klar und für die in Tracht gehüllten Marie Gott sei Dank nicht zu warm. Dazu kam ein laues Lüftchen, das ihnen einen wohligen Duft von Feldblumen, sattem Gras und Getreide entgegenwehte. Marie und Hanka gefiel der Tag. Ausgelassen liefen sie ihres Weges, von dem aus sie rechts und links auf hochgewachsene Gerstenhalme blickten. Fast sah es aus, als blinzelten ihnen die reifen Ähren freundlich zu. Immer wieder unterbrachen Feldraine und Buschgruppen die kleinen Äcker, hinter denen sich in einiger Entfernung die Wälder der Herrschaft erstreckten. Die Beiden kannten die Gegend bis in den letzten Winkel. Trotzdem war es für sie ein Vergnügen, durch ihre heimatlichen Flure zu streifen. Gerade an einem Sonntag wie diesen, wo das Fest der Kindstaufe auf sie wartete. Ehrwürdig nach alter Tradition und ausgelassen würde es zugehen. Sogar über Nacht durften sie dortbleiben. Einfach herrlich, was ihnen heute noch bevorstand! Aufgeregt plapperten die Mädchen, hüpften bisweilen ein Stück und kicherten schamhaft, wenn das Gespräch auf die Burschen kam. Hochmut kannte Marie gegenüber der Magd nicht. Beide waren im gleichen Alter und dass ihr Vater reich und die Hanka ein genügsames Mädel war, spielte im täglichen Zusammensein keine Rolle. Im Gegenteil: Ihre Eltern hielten sie ständig an, in der Wirtschaft mit anzupacken. Im Vergleich zum Gesinde war sich Maria dabei für nichts zu schade, was sich positiv auf die Verhältnisse im Erbrichterhof auswirkte. So auch im Augenblick, in dem sie laut lachten und einander im Spaß anstupsten. Doch mit einem Ruck blieb Hanka stehen. Erschrocken nahm sie die Hand vor den Mund und starrte Marie mit großen Augen an.

„Oh Gott, wir haben das Patengeschenk vergessen!"

Auch Marie bemerkte das jetzt und war ratlos.

„Aber wenn wir zurückgehen, kommen wir zu spät", meinte sie.

Darauf schlug Hanka kurzentschlossen vor:

Gedenkstein Ermordetes Mädchen

„Geh du voraus, ich laufe zurück. Entweder ich hole dich wieder ein oder wir treffen uns dann in Kotten."

Marie nickte. Hanka raffte ihren Rock in die Höhe und rannte, so schnell sie konnte, heim.

Marie schaute ihr kurz nach und lief weiter. Macht nichts, dachte sie, ich bin ja bald in Kotten. Weit und breit sah sie keine Menschenseele, nur der Gesang der Vögel begleitete ihren Weg. So allein auf weiter Flur war ihr zugegeben ein bisschen mulmig zumute. Halblaut begann sie zu singen:

„Ja mam Lubejo, ja mam Lubejo ... (Ich hab' einen Liebsten, ich hab' einen Liebsten ...)"

Bald jedoch stockte sie. Was war das? Zwanzig Schritte vor ihr drang ein Jammern aus dem Gebüsch. Ihr war, als würde sie in deutscher Sprache die Worte „hilf mir, hilf mir" hören. Sie lief an die Stelle und bog die Äste auseinander. Scheinbar gelähmt lag dort ein Mann im Gras. Fast meinte sie, ihn vorhin noch quicklebendig in der Gaststube gesehen zu haben.

„Geht es dir nicht gut", fragte sie unsicher.

Statt einer Antwort streckte ihr der Fremde die rechte Hand entgegen.

„Hilf mir bitte auf", bettelte er.

Zögernd – der Mann hätte ja betrunken zudringlich werden können – steckte sie ihren Arm durch die Zweige. Darauf hatte der Halunke nur gewartet. Ohne dass Marie begriff, zog er sie mit einem Ruck zu Boden. Erstaunlich gewandt hockte er im selben Augenblick über ihr, um sie mit voller Kraft zu würgen. Alles sollte rasch vonstattengehen, denn der Bettler hatte Angst, gestört zu werden.

„Womöglich kommt das andere Weib gleich zurück und krakeelt die ganze Umgebung zusammen", befürchtete er.

Für Marie war es ein schneller Tod. Der Schock und die geübten Griffe des ehemaligen Soldaten ließen sie nicht mehr zur Besinnung kommen. Auf diese Weise musste sie wenigstens nicht leiden. Anders die Nerven des Mörders. Panik erfasste ihn, als er das Gold entfernen wollte. Zwar gelang es ihm, die silberne Talerkette mit einem Ruck abzureißen, doch das Dukatenband war derart fest mit den Haaren verbunden, dass es zu lange gedauert hätte, es herauszulösen. Kurz entschlossen zog er deshalb sein Soldatenmesser aus dem Stiefelschaft und schnitt der Leiche einfach den Hals durch. Das abgetrennte Haupt steckte er in seinen Bettelsack und rannte geduckt durch die Getreidefelder in den schützenden Wald. Des Schmuckes habhaft geworden, schleuderte er den Kopf in hohem Bogen von sich, machte flinke Füße und verließ die Gegend.

Während die grausige Tat geschah, erreichte Hanka den Cunnewitzer Erbrichterhof. Hineingehen brauchte sie nicht, denn gleich am Tor kam ihr Jurij, der erste Knecht es Hofes entgegen.

„Ja ja, was man nicht im Kopf hat, hat man in den Beinen", lachte er.

Längst war das vergessene Patengeschenk entdeckt worden, nun sollte Jurij es den Mädchen hinterhertragen. Froh, dass er jetzt doch nicht nach Kotten laufen brauchte, gab der Hanka das sorgsam in Stoff gewickelte Präsent, grinste frech und wünschte ihr damit viel Spaß.

„Haa haa, veräppeln kann ich mich selber", motzte sie zurück, verdrehte genervt die Augen und machte sich auf den Weg retour.

Dorfstraße Kotten

Rennen mit dem Bündel unterm Arm mochte sie nicht. Trotzdem lief sie zügig, vielleicht konnte sie Marie einholen. Doch so weit Hanka auch vorausschaute, Marie war nicht mehr zu sehen.

„Sicher ist sie eilig gegangen und wird angekommen sein", vermutete sie und legte einen Zahn zu.

Irgendwie war ihr komisch zumute. Wie aus dem Nichts stieg Unruhe in ihr auf. Es war ein befremdliches Gefühl, das sie bisher nie erlebt hatte. Gerade, als sie an Sarings Feldern vorbeilief, war es am schlimmsten. Ein grausiger Schauer durchfuhr ihren Körper, dass sie eine Gänsehaut bekam.

„Schnell weiter", dachte sie, da vorn sind ja auch schon die Dächer von Kotten zu sehen.

Sie lief und lief – noch nie war ihr Verlangen so stark, Marie, die Tochter ihrer Dienstherrschaft, wiederzusehen ...

Als sie am Gut von Matthias Scholze, dem Erbrichter von Kotten ankam, war die ganze Gesellschaft bereits auf dem Hof versammelt. Mittendrin die junge Mutter. Sie hielt ihr Kind im Arm und zupfte noch ein klein wenig an seinem Häubchen herum. Aber nicht ihr galt Hankas Aufmerksamkeit. Sie blickte suchend in die Runde, wo Marie sei, damit sie ihr das Patengeschenk übergeben konnte.

„Witaj (willkommen) Hanka", unterbrach sie der Hausherr und gab ihr die Hand.

„Sag," fragte er erstaunt, „warum kommst du allein, wo hast du unsere Brautjungfer, die Marie, gelassen"?

Hanka blieb ein Kloß im Hals stecken.

„Die müsste doch .... längst ... das verstehe ich nicht", stotterte sie.

Matthias Scholze bemerkte Hankas Entsetzen. Er nahm sie mit beruhigenden Worten beiseite und ließ sich alles erklären. Nachdem sie fertig war, rief er seine Knechte heran und befahl ihnen, augenblicklich den Cunnewitzer Weg und die angrenzenden Felder nach der Vermissten abzusuchen.

„Vielleicht ist der Marie übel geworden und sie liegt irgendwo im Gras", meinte er.

Hanka indes solle hierbleiben, und wenn Marie käme, dann möge sie, so sie könne, nachkommen.

„Für uns wird es höchste Zeit!"

Er winkte die Gesellschaft zusammen, hakte seine Frau unter und setzte sich an die Spitze des Zuges.

„Wir laufen jetzt nach Wittichenau, der Pfarrer wird längst auf uns warten."

Die drei Knechte warteten, bis die Gesellschaft den Hof verlassen hatte. Dann schlossen sie das Tor und liefen los. Ewig mussten sie nicht suchen. Immer wieder riefen sie Maries Namen, schauten über die Äcker und hinter jeden Busch. Als der vorausgehende Knecht das Saringsche Feld erreichte, vernahmen die anderen einen grauenerregenden Schrei. Sie rannten sofort hin, und da lag sie: Marie in ihrer schönen Tracht, in einer Blutlache ohne Kopf, Haube und rosa Schleife lagen rotgefärbt daneben. Drei hartgesottene Kerle standen bewegungslos und starrten wortlos auf die Leiche. Nach Minuten fiel einer von ihnen auf die Knie. Von seinen Gefühlen überwältigt, fing er an, bitterlich zu weinen.

„Marie, Marie, bitte nicht die Marie", schluchzte er in einem fort.

Auch den anderen Männern standen dicke Tränen in den Augen. Wie oft hatten sie früher das kleine fröhliche Mädchen auf den Feldrainen herumtollen sehen. Wie oft ihr über die Haare gestrichen und einen Bissen des eigenen Mittagsbrotes ins stets hungrige Mäulchen gestopft. Und dann, als sie ins zarte Alter von 16, 17 kam, waren sie hingerissen von ihrer Schönheit. Ebenso bewunderten sie ihren Fleiß, den sie im Hof sowie draußen auf dem Feld an den Tag legte. Und nun lag sie einfach so da, wie ein geschlachtetes Stück Vieh mit abgeschnittenem Haupt. Welche Bestie war in der Lage, ihr das anzutun? Aber was half das Jammern, was das Grübeln? Halbwegs zur Besinnung gekommen, beschlossen die Knechte, Marie auf den elterlichen Hof zu bringen. Also rannte einer, um Pferd und Wagen zu holen. Darauf legten sie in eine Decke gewickelt die Leiche. Auch Hanka hatte er mitgebracht. Leise wimmernd krallte sie sich um seinen Hals – er ließ sie gewähren ...

Am Erbrichterhof in Cunnewitz angekommen, öffnete eine Magd das große hölzerne Tor. Da in der Schankstube kaum noch Leute saßen, hatten Vater Jakub und Mutter Ursula ein wenig Muße. Neugierig liefen sie in den Hof, wer denn am Sonntag mit einem Fuhrwerk zu ihnen käme. Sofort erkannten sie, dass es die Knechte von Matthias Scholze waren. Dazwischen saß zusammengesackt Hanka. Gespenstig und bedrückend wirkte die Szenerie: keine Begrüßung, keine guten Wünsche. Wortlos stiegen die Männer ab und hoben Hanka vom Kutschbock. Als Erste spürte Mutter Ursula, dass Schlimmes passiert sein musste. Wie sie Sekunden später auf dem Wagen das eingewickelte Etwas wahrnahm, sank sie ohnmächtig zu Boden. Vater Jakub dagegen sprang hin und schlug die Decke auseinander. Augenblicklich riss ein markerschütternder Aufschrei den Hof aus der sonntäglichen Ruhe. Wie seine Frau brach Vater Jakub nun ebenfalls zusammen. Es dauerte nicht lange, bis die Bewohner der umliegenden Bauernhöfe herbeigelaufen kamen. Während zwei Mägde die Eltern mit kaltem Wasser und Lappen wieder zu sich holten, standen sie schockiert um die tote Marie herum.

„Wir müssen den Kopf suchen", ergriff nach Minuten einer der Kottener Knechte die Initiative.

Vielleicht haben wir Glück und der Mörder hält sich noch hier versteckt. Wenn ja, dann finden wir auch ihn."

Er nahm einige Männer und eilte mit ihnen dahin zurück, wo sie die Marie gefunden hatten.

Die Männer konnten kaum glauben, wie rasch die Nachricht vom Maries Tod rum war. Von überall – von Commerau, Truppen, Sollschwitz und Schönau – waren die Leute gekommen und standen an der Mordstelle. Just als sie eintrafen, kam auch Matthias Scholze angeritten. Tief bestürzt hatte er nach seiner Rückkehr aus Wittichenau erfahren, was passiert war. Augenblicklich war er losgeritten, um zu helfen. Da der Tatort auf Kottener Flur lag, übernahm er in der Eigenschaft des Ortsrichters das Kommando. Sämtliche Anwesenden, egal ob weiblich oder männlich, erhielten sogleich eine Aufgabe. Je eine Person schickte er in die benachbarten Dörfer. Die Gerichte dort sollten unverzüglich nach herumstreunenden, fremden Subjekten Ausschau halten und diese dingfest machen. Mit dem Rest der Leute durchkämmte er den Wald in Richtung Commerau. Sie hatten Glück. Tief mussten sie nicht hineingehen, als einer rief:

„Hier, kommt her, hier liegt sie!"

Den Herbeigeeilten bot sich ein grauenhaftes Bild. Der verzerrte Mund und die weit aufgerissenen Augen Maries ließen den Schreck der Todessekunde erahnen. Das übel zugerichtete Gesicht und die zerfetzten Haare dagegen wiesen auf einen unglaublich brutalen Mörder hin. Fassungslos standen alle da. Keiner mochte es tun, bis sich Matthias Scholze überwand. Vorsichtig, als wolle er Marie nicht noch mehr wehtun, hob er ihren Kopf aus dem Moos. Ein anderer hielt derweil ein Leinentuch, in das sie ihn einwickelten.

„Bringen wir sie heim", flüsterte er mit tränenerstickter Stimme.

„Man wird auf sie warten."

Auf dem Gehöft von Jakub Scholze herrschte eine beklemmende Atmosphäre. Alles war still. Nur eine Magd huschte schattengleich in den Stall und der Hofhund zuckelte stumpfsinnig vor seiner Hütte hin und her. Derweil lag drinnen in der Schankstube notdürftig aufgebahrt die Tote. Davor saßen ihre Eltern und starrten ins Leere. Trotz dass sie so gut wie nicht reagierten, verneigten sich die Eintretenden. Ohne ein Wort nahm Matthias Scholze Maries Kopf aus dem Leinentuch und legte ihn oben an den Rumpf. Kaum hatte er das getan, stieß Mutter Ursula einen kurzen Schrei aus. Sie sackte zusammen, rutschte vom Stuhl und blieb regungslos am Boden liegen. Erschrocken kniete sich ihr Mann neben sie. Er rüttelte seine Frau und rief wieder und wieder ihren Namen. Doch es war vorbei. Ursulas Herz hatte den Schmerz nicht ausgehalten, es hatte für immer aufgehört zu schlagen.

Für Jakub Scholze war eine Welt zerbrochen. All sein Reichtum, all sein Ansehen hatten ihm wenig genützt. Sein Glück fiel in diesem Moment wie ein Kartenhaus zusammen. Nichts Lebenswertes war ihm geblieben und so beschloss er, in sich zu kehren. Er verkaufte allen Besitz, zog nach Wittichenau und fristete dort bis zum Tode ein einsames Leben. Ausschließlich Gott wollte er es weihen. Häufig ging er deshalb zur

Kirche und verteilte reichlich Almosen an die Armen. An erster Stelle seiner Gebete standen Ursula und Marie. Jeden Tag bat er um ihr Seelenheil und besuchte sie so oft wie möglich auf dem Gottesacker. Er legte ihnen Blumen aufs Grab und zündete Kerzen für sie an.

Den Mörder von Marie hat man übrigens nie gefunden. Niemand hatte die Tat beobachtet, niemand einen Verdächtigen gesehen. Auch der Bettler war nicht aufgefallen, denn er kam ja des Öfteren und wirklich zutrauen taten die Leute ihm eine solche Tat nicht. Dass er beim Hausieren nur eine freundliche Fassade zeigte, in ihm aber der Teufel steckte, wollte keiner bemerkt haben. Erst auf dem Totenbett hat er die Tat gestanden. Vielleicht spekulierte er, seine Seele damit zu entlasten. Gelungen ist ihm das sicher nicht!

Bis in die jetzige Zeit sind die Ereignisse von damals fest im sorbischen Volksgedächnis verankert. „Mortwa Holčka – Ermordetes Mädchen" heißt die Stelle, an welche im Jahre 1804 der Lehrer Johann Scholze eine Holzsäule mit der Aufschrift errichtete:

„Ke kmótře wuzwolena, sym tu morjená"
„Als Taufpatin gedacht, wurde ich hier umgebracht"

Später ersetzte man sie durch eine Steinsäule mit einem kleinen Metallkreuz obendrauf. Noch heute wird das Terrain von den Anwohnern liebevoll gepflegt.

∞∞∞∞

Der Zettel

∞∞∞∞

Es trug sich zu an einem Sonnabend des Jahres 1838. Man schrieb den 3. März, als ein Häuslerehepaar aus Hochkirch gegen Mittag auf der Löbauer Chaussee einen seltsamen Fund machte. Noch vor einer Stunde hatten sie auf dem Fleischmarkt in Bautzen eingekauft, ihren Leiterwagen mit frischen Lebensmitteln sowie allerlei Waren gefüllt und liefen jetzt nach Hause. Das Äußere Reichentor war längst hinter ihnen, da zeigte die Frau etwas abseits auf einen am Baum befestigten Zettel. Wie es aussah, hing er schon einige Tage. Bisher hatte ihn offenbar noch keiner entdeckt. Neugierig rissen die Beiden das Blatt ab. Die blassen, mit ungelenker Hand gekritzelten Worte vermochten sie kaum zu entziffern, dennoch waren sie kurz danach im Bilde. Mit jeder Menge Fehlern behaftet stand auf dem Zettel geschrieben:

„Hirmit gebe ich bekant das liderliche Weipsbild die Jentzschin Agnes aus Rodewiz hat ihren Man den Peter vergiftet. Diesen Hornung am 23ten kam er zum Tot. "

Das Ehepaar kannte die Jentzschs vom Sehen und Hören. Es wusste, dass der Grossgärtner Peter Jentzsch vorige Woche überraschend verstorben war. Viele Leute in der Umgegend wunderte das und sie redeten darüber.

„Es wird wohl sein flatterhaftes Weib gewesen sein, dass ihn ins Grab gebracht hat", meinten sie.

Na gut, dachte das Ehepaar: Als der Peter vor 10 Jahren die damals 40-jährige heiratete, war sie ja eine attraktive Frau, wer konnte ihm sein Glück verdenken? Auch heute machte die Agnes noch was her und war Avancen von Männern durchaus zugeneigt. Doch deswegen sollte sie ihn vergiftet haben? Auf dem Heimweg hielt die Frau den Zettel in der Hand, las ihn immer wieder laut vor und schüttelte dabei den Kopf.

„Verbrennen werden wir den Wisch", sagte sie zu ihrem Mann.

„Bestimmt will jemand die Gelegenheit nutzen, um sich an der Jentzschin für weiß was zu rächen."

Der Mann überlegte, dann pflichtete er seiner Frau bei. Weitere Gedanken wollte er an den Zettel nicht verschwenden, denn am Sonntag hatte er Geburtstag. Sie hatten wichtigere Sorgen, Gäste würden kommen und es war noch einiges vorzubereiten.

„In den Ofen schmeißen wir den Zettel aber nicht", sagte er.

„Mal sehen, was morgen die anderen dazu sagen ..."

Hochkirch

Am Sonntag ging es in Hochkirch fröhlich zu. Immerhin feierte man einen runden Geburtstag – es war der vierzigste. Familienangehörige und Freunde waren herzlich eingeladen. Fast alle stammten aus den benachbarten Dörfern und saßen in der bescheidenen Häuslerstube beisammen. Gelegenheiten zum Feiern ließen die Leute hierzulande ungern aus, kaum etwas konnte ihnen dabei die Laune vermiesen. Das gestern aus Bautzen herangeschaffte Fässchen Bier sowie der Branntwein trugen ihr Scherflein bei. Sogar fünf Flaschen vom süßen Beerenwein standen auf dem Tisch. Das Gastgeberpaar hatte sie am Marktstand ein wenig herunterhandeln können.

„Prost" und „k strowosći", riefen sich die Gäste immer wieder zu.

Auf nur eine Sprache einigen wollten sie sich nicht. Das gehörte zur Gegend: Die Leute redeten mal Deutsch, mal Sorbisch miteinander. Die meisten eher Sorbisch – so wie jedem der Schnabel gewachsen war. Die Hauptsache, die Menschen verstanden untereinander. Auch in diesem Moment begriffen sie auf Anhieb, was ihnen der Gastgeber auf Deutsch vorlas. Bedeutungsvoll schwenkte er am Nachmittag einen Zettel über dem Kopf hin und her.

„Hört alle mal zu", unterbrach er das fröhliche Treiben.

„Den haben wir gestern an einem Baum gefunden. Was draufsteht, lässt uns keine Ruhe".

Für Sekunden hätte man eine Stecknadel auf den Stubenboden fallen hören. Den Gästen klappten die Kiefer nach unten, immerhin war von einem Mord die Rede. Eine schwere Anschuldigung, die ein Unbekannter gegen Agnes Jentzsch erhob. Als erste unterbrach die Rodewitzer Schwägerin das Schweigen:

„Ja ja die Agnes", quäkte sie echauffiert.

„Wundern tät's mich nicht, hat ihren Mann oft genug an der Nase rumgeführt. Seit einiger Zeit geht sogar der alte Jannasch mit seinem Sohn bei ihr ein und aus. Bestimmt treibt sie's heimlich mit beiden, das Flittchen."

Ob es so war wusste keiner, indes Gesprächsstoff hatte die Feierrunde jetzt reichlich. Das Ableben von Peter Jentzsch erhitzte mehr und mehr die Gemüter.

„Ein derart kräftiger Bursche und plötzlich tot! In der Tat kann das nicht mir rechten Dingen zugegangen sein", meinte der Bruder des Jubilars und riet den beiden:

„Verbrennt den Zettel auf keinen Fall. Gebt ihn dem Dorfrichter in Rodewitz, das seid ihr eurem Gewissen schuldig!"

Die Untersuchung kommt ins Rollen

„Hmmm", der Gerichtsälteste von Rodewitz kratzte sein Kinn.

„Das ist eine starke Anschuldigung, die hier jemand erhebt", sagte er an das vor ihm stehende Ehepaar gewandt.

Erst am Mittwoch nach der Geburtstagsfeier fassten die Beiden den Entschluss, die Sache zu melden. Lange hatten sie gestritten, denn genau wie der Dorfrichter meinten auch sie, die Gerichte müssten nicht jeder Denunziation nachgehen, noch dazu, wenn sie ohne Namen erfolgt.

„Andererseits", sinnierte der Richter und sah das Ehepaar an, „ andererseits ist die Agnes Jentzsch tatsächlich ein flatterhaftes Weib, in deren Herzen weißgott nicht nur ein Mann Platz findet".

Zu denken gab ihm auch, dass Peter Jentzsch, kräftig wie er war, sich so mir nichts dir nichts verabschiedet hatte. Gut, es kam hin und wieder vor, dass Dorfbewohner unerwartet starben. Zum Beispiel im vergangenen Jahr der jüngste Knecht des hiesigen Rittergutes. Hinter dem Pflug war er unversehens zusammengebrochen. Alle Wiederbelebungsversuche blieben erfolglos und die Gutsleute mussten ihn wehmütig zu Grabe tragen. Diesmal allerdings plagte ihn ein ungutes Gefühl. Außerdem fiel ihm ein, dass Jentzsch und seine Frau vor vier Jahren bei ihm einen Erbvertrag unterzeichnet hatten. Der Witwe war dadurch das Haus sowie der gesamte Grund und Bodens zugeflossen. Sämtliche Umstände betrachtend, schien es dem Ortsrichter deshalb gerechtfertigt, über eine Untersuchung des Falles nachzudenken. Er dankte dem Ehepaar für ihre Achtsamkeit und versprach, noch in dieser Woche die Gerichtsherren von Rodewitz zusammenzurufen, um mit ihnen das weitere Vorgehen zu besprechen.

Am Freitag saßen die drei Gerichtsherren in Rodewitz am Tisch des Dorfrichters. Vermutlich viermal, fünfmal ging der rätselhafte Zettel von Hand zu Hand. Richtig schlau wurde aus dem Stück Papier in der Runde jedoch niemand. Wer war der Verfasser? Wie kam er zu der Beschuldigung? Hatte er Beweise und überhaupt: Wie sollte man den Denunzianten ausfindig machen, um ihn – oder sie – zu befragen?

„Die Jentzschin stellt wahrhaft kein Beispiel für einen ordentlichen Lebenswandel dar", begann einer der Männer die Diskussion.

„Dass sie jedoch eine Giftmörderin ist, kann ich mir beim besten Willen nicht vorstellen." Die anderen zwei pflichteten ihm bei. Einer von ihnen wusste noch, dass die Agnes ein Kind der Fellers war – eines armen Häuslerpaares, das in einer ärmlichen Hütte am Rande des Dorfes lebte. Die Mutter verstarb bei der Geburt. Der Vater machte es ebenfalls nicht lange, sodass die Agnes im Grunde ohne Eltern aufwuchs. Wie die Mehrheit in der Gegend zählte sie zur wendischen Bevölkerung. Fatalerweise aber auch zu den Frauen, die ihre fleischlichen Lüste partout nicht in den Griff bekamen. Stets verfiel das hübsche Ding männlichen Verlockungen. Einmal sogar verurteilte sie das Gericht wegen Unzucht und Agnes musste 14 Tage in den Arrest.

„Selbst heute, mit ihren 50 Jahren, scheint sie nicht solide geworden zu sein", warf der Dorfrichter ein.

Er erzählte den anderen vom Erbvertrag, dazu noch vom Vater und Sohn Jannasch, den Schmieden aus Kuppritz, die bei ihr aus – und eingingen.

Obwohl die Gerichtsherren der Witwe trotz allem solch eine Tat nicht zutrauten, entschieden sie, eine Untersuchung einzuleiten.

„Befragen wir als Erstes mal die Magd vom Peter Jentzsch und dann ihn selber", schlug der Dorfrichter vor.

Wie er in die verdutzten Gesichter seiner Kollegen sah, ergänzte er:

„Ganz einfach, am 26. Februar haben wir den Jentzsch begraben und jetzt holen wir ihn wieder raus! Mithilfe unserer modernen Medizin und Chemie wissen wir bald, ob er Gift genommen hat oder nicht."

Die Leiche muss raus

Am 13. März vernahm das Rodewitzer Gericht die Magd des Peter Jentzsch, Johanna Schneider. Viel war von ihr allerdings nicht zu erfahren. Nur, dass sie am Abend des 20. März ihren Dienstherren warnte, aus der im Ofen stehenden Schüssel Erdbirnen zu essen.

„Man will dich vergiften", sagte sie ihm.

Ein seltsames Bauchgefühl hätte sie in diesem Moment gehabt, meinte die Schneiderin gegenüber den Gerichtsherren. Auf die Frage, woher die Ahnung kam, und ob sie jemanden gesehen bzw. in Verdacht habe, druckste sie herum und wollte keine Antwort geben. Allein dass Peter Jentzsch danach mit Übelkeit kämpfte und schließlich verstarb, wären ja Beweis genug, sagte sie am Schluss der Vernehmung. Die

Dorfstraße in Rodewitz

Gerichtsherren vertraten eine andere Meinung. Außer der Vermutung, die Dienstmagd könnte den Zettel geschrieben haben, lieferten deren Aussagen keinen Beleg für einen Mord. Demzufolge blieb nichts übrig und der Dorfrichter ordnete für Donnerstag, den 15. März 1838 die Exhumierung des Verstorbenen an. Punkt 9 Uhr klopfte er nebst zwei mit Spaten und einer Karre ‚bewaffneten' Männern am Haus der Agnes Jentzsch. Bass, erstaunt und sichtlich erschrocken erfuhr sie zum ersten Mal, wessen sie ein Unbekannter beschuldigte. Unmittelbar hinter ihr stand der alte Johann Jannasch und hörte alles mit an. Inzwischen war er mit seinem Sohn bei der Witwe eingezogen und fühlte sich wohl schon als neuer Hausherr. Nach Aufforderung, die Agnes solle den Herren die Grabstelle ihres verstorbenen Mannes auf dem Hochkircher Gottesacker zeigen, fasste er sie am Arm und flüsterte ihr ins Ohr:

„Lass nur, in seinem Bauch werden sie nichts weiter finden."

So leise er auch sprach, der Dorfrichter hatte es gehört.

„Warten wir's ab", dachte er und lief mit dem kleinen Tross hinauf nach Hochkirch.

Oben auf dem Friedhof wartete bereits der Chirurg Friedrich August König. Er hatte Peter Jentzsch über Jahre behandelt. Für die Leute der umliegenden Ortschaften war er der einzige Heilkundige und auch zum Ausgraben der Leiche und der anschließenden Sezierung reichte er dem Gericht völlig aus. Extra einen teuren Arzt aus Bautzen zu bemühen, erachtete es als unnötig. Während sich die Männer mit den Spaten daran machten, das Grab aufzuschaufeln, stand König gefrustet daneben. Jemand sollte seinen ehemaligen Patienten vergiftet haben! Unsinn dachte er, bei der Leichenschau hätte ich das schließlich bemerken müssen! Aber na gut, nun war es mal so, und die Analyse würde zeigen, wer am Ende Recht behielt: Der anonyme Denunziant oder er, der einfaches Herzversagen aufgeschrieben hatte.

Indessen er immer noch über einen möglichen Fehler sinnierte, stand der Sarg oben und er wies an, den Deckel zu öffnen. Angewidert drehten die Umstehenden ihre Köpfe weg. Nur König schaute fachmännisch in die Kiste.

„Ist in Ordnung", sagte er lakonisch.

„Stark ist er nicht verwest, die Innereien kann ich noch gut verwenden."

Anschließend besprach er das weitere Vorgehen mit dem Dorfrichter. Der solle doch den Leichnam gleich in sein Haus karren lassen. Dort werde er den Toten aufschneiden, ihm Magen, Blase sowie den Dünn – und Dickdarm entnehmen. Alles zusammen bringe er dann persönlich in die Bautzener Schloss-Apotheke zur Begutachtung.

„In ein paar Tagen wisst ihr, ob jemand den Jentzsch vergiftet hat oder nicht."

Der Richter übergab dem Chirurgen noch das Begleitschreiben des Rodewitzer Gerichtes. Danach verabschiedeten sich die Männer und gingen ihrer Wege. So auch Agnes Jentzsch. Völlig überrumpelt von den Ereignissen dieses Vormittages und unsicher, was bei der ganzen Untersucherei herauskommen würde, lief sie bangen Herzens den Weg zurück nach Hause.

Chirurg König dagegen musste nicht weit gehen. Sein Haus lag in der Nähe des Friedhofs, auf der anderen Seite der Löbauer Chaussee. Dort angekommen, ließ er die Leiche auf den Tisch in der Gerätekammer legen und begann sofort mit der Arbeit. Jetzt, wo er den Leib ausführlicher betrachtete, schwante ihm, dass man den Peter Jentzsch doch vergiftet haben könnte. Der wohlbehaltene Zustand des Körpers, das wachsfarbene Gesicht sowie die feste Haut machten ihn stutzig. Die Anzeichen deuteten hin auf die Einnahme von Arsen. Aber genau kannte er sich nicht aus, er war ja ein Chirugus und kein studierter Arzt. Jedoch hatte er in seiner langjährigen Praxis schon viele Leichen gesehen und wusste genug über die Methoden des Gevatter Tod. So leicht konnte der ihm nichts vormachen.

Alles fing damit an, dass ihn in blutjungen Jahren die Armee als Soldat einzog. Sie teilten ihn einem Feldlazarett zu und so musste er das Grauen der Schlachtfelder von 1812 und 1813 zwar nicht direkt, dafür aber am nicht weniger schonungslosen Rande miterleben. Er assistierte Feldscheren und sah, wie sie Bleikugeln aus lebendigem Fleisch schnitten. Oft genug stand er auch am Griff einer Säge und half, Verwundeten ohne Betäubung Arme und Beine abzutrennen. Er sah in schmerzverzerrte Gesichter, hörte markerschütternde Schreie und ausgewachsene Männer nach ihrer Mutter rufen. In Stoßzeiten mischten sich Flüche der Feldschere darunter, die oft selbst am Ende ihrer menschlichen Kräfte standen. Fast glich es einem Wunder, wie er diese seelische Hölle heil überstand. Hoch war ihm anzurechnen, dass er sich nach dem Krieg entschloss, das Erlernte zum Wohl der Menschen anzuwenden. Er ging offiziell noch einmal bei einem Löbauer Chirurgen in die Lehre und galt den Leuten rund um Hochkirch danach als Arztvertreter sowie guter Kurator seiner Zunft. Doch nun stand er vor der Leiche des Peter Jentzsch und musste sich eingestehen, einen Tod womöglich falsch eingeschätzt zu haben.

„Wohlan", sprach er zu sich, „lassen wir es die Gelehrten herausfinden"!

Mit geübtem Griff setzte er das Messer an, schnitt die Organe heraus und brachte sie noch am selben Nachmittag in die Bautzener Schloss-Apotheke.

Der Zettelschreiber hatte recht

So flink wie Chirurg König arbeitete der Schlossapotheker nicht. Erst am Mittwoch, den 21. März 1838, traf seine schriftliche Expertise per Eilpost in Rodewitz ein. Dort hatte sich die Sache mit dem Zettel und der Leichenausgrabung schnell herumgesprochen. Wie ein Lauffeuer gingen die wildesten Gerüchte von Haus zu Haus und von Ort zu Ort. Die Leute gierten nach Neuigkeiten. Auch der Dorfrichter saß wie auf Kohlen. Nachdem er dem Boten ein Trinkgeld zugesteckt hatte, riss er eilig das Siegel des Apothekers auf. Trotz der Vorahnungen blieb ihm für kurze Zeit die Luft weg.

„Also doch", rutschte es ihm heraus und er warf den Brief auf den Tisch.

2 ½ Gran (1 Gran rund 62 mg) arsenige Säure, getrennt von 15 ½ Gran Schwefel-Arsenik, konnte der Pharmazeut im Magen des Toten nachweisen. Ein Kaffeelöffel voll solch

Ehemalige Schlossapotheke Bautzen

konzentriertem Arsen wären ausreichend, um den Tod eines Menschen herbeizuführen, schrieb er am Schluss des Briefes. Nun erschien dem Dorfrichter die Sache klar: Der Zettelschreiber hatte Recht – die Agnes Jentzsch war eine Giftmörderin! Er zögerte nicht, rief seine zwei Knechte, um von ihnen die Gerichtsherren herbeirufen zu lassen. Wie diese den Brief lasen, nickten sie nur. Wortlos liefen alle drei zum Hof der Agnes Jentzsch ...

... „Ich bin unschuldig, ich habe niemanden vergiftet", jammerte die Agnes unter Tränen. Sie riss sich von den Männern los und versuchte mehrmals ins Haus zurückzulaufen. Vergeblich: Die Gerichtsherren holten sie immer wieder ein und sperrten sie schließlich hinter Schloss und Riegel. Die Aufgabe, Agnes Jetzsch den Giftmord nachzuweisen, war allerdings für sie eine Nummer zu groß. Während ihrer gesamten Amtszeit hatten sie nie mit einer Mordsache zu tun. Höchstens ging es mal um eine Kuh, einen Streit um ein Stück Land oder eine Schlägerei. In Ermangelung entsprechender Erfahrungen musste juristische Unterstützung her! Die kam als erstes in Form eines richtigen Arztes, der sich im Hause des Chirurgen Koch gründlich mit der Leiche des Peter Jentzsch beschäftigte. Zweitens erschien der Bautzener Advokat Richter am Freitag in Rodewitz, um dem Gericht bei den Vernehmungen zu helfen. Dabei sollte er offiziell ein verwertbares Protokoll aufnehmen. Wie sich zu Beginn herausstellte, für ihn eine undankbare Aufgabe. Die Jentzschin redete nämlich ausschließlich Sorbisch. Deutsch beherrschte sie kaum.

„Ich erstelle die Mitschrift gleich in Deutsch", erklärte der Advokat dem Gericht.

Wie fast alle in der Gegend war Johann Richter beider Sprachen mächtig und deshalb stelle die Übersetzung für ihn kein Problem dar. Jedoch benötige er dazu eine Genehmigung. Laut einer Verordnung von 1783 müsste er ein derartiges Protokoll von Rechts wegen in der Sprache des Angeschuldigten aufnehmen.

„Aber die Zeit, alles Sorbisch aufzuschreiben und danach in meiner Kanzlei ins Deutsche zu übersetzen, habe ich nicht!"

Tage vergingen, in denen die Agnes ungewiss in ihrer Zelle schmoren musste. Erst am darauffolgenden Donnerstag traf die Antwort des Bautzener Appellationsgerichtes ein. Darin stand, dass Verordnungen einzuhalten sind, wozu wären sie sonst auch da? Johann Richter winkte daraufhin ab und die Rodewitzer warteten, bis ihnen das Kollegium einen neuen Anwalt zuwies. Anfang April erschien schließlich Advokat Bensch. Er war willig, diese Prozedur mitzumachen. Eine Prozedur, der sich Ermittler seinerzeit mehrfach unterzogen haben. Eine Besonderheit der Oberlausitz halt – was solls!

Endlich hatte das Warten für Agnes ein Ende. Das Gericht holte sie zum Verhör und sie dachte, nun bald nach Hause zu kommen. Bereits an den Gesichtern der am Tisch sitzenden Herren, bemerkte sie jedoch ihren Irrtum. Die Rodewitzer Gerichtsmänner waren der festen Überzeugung, die Mörderin des Peter Jetzsch auf dem Stuhl zu haben. Zunächst aber ging es scheinbar nicht um diese Sache, sondern die Bewohner ihres Hauses. Was denn Vater und Sohn Jannasch, die Schmiedenahrungsbesitzer aus Kuppritz, tagein tagaus bei ihr zu suchen hätten, wollte das Gericht (in Sorbisch) von ihr hören.

„Ja wissen sie", meinte die Agnes und setzte dabei ihre züchtigste Unschuldsmiene auf, „die zwei sind ja so allein und da bekoche ich sie ein bisschen und besorge ihnen hin und wieder die Wäsche".

Der Richter und seine Beisitzer versuchten, ernst zu bleiben. Lediglich am Grinsen des Advokaten Bensch merkte Agnes, dass die Männer ihr kein Wort glaubten. Was aber konnte sie anderes sagen? Sollte sie etwa verraten, dass sie mit ihren 50 Jahren immer noch Bedürfnisse hatte, die ihr Gatte schon lange nicht mehr befriedigen wollte? Zwar brachte der alte Jannasch ebenso nichts zustande – er war ja ständig besoffen – doch sein Sohn ... olala! Leider gab es den aber nur im Doppelpack mit dem Vater und sie machte gute Mine zum bösen Spiel. Johann Jannasch sowie ihrem Mann drehte sie hübsche Kulleraugen und zur eigentlichen Sache ging's hintenrum mit ihrem Galan. So war sie nun mal, sie konnte es nicht unterdrücken! Preisgegeben hätte sie dieses Geheimnis allerdings niemals. Selbst nach mehrmaligem Nachfragen und eindringlicher Belehrung blieb sie bei ihrer Aussage.

Auch die Zeit danach brachten das Gericht keinen Schritt weiter. Da Advokat Bensch nicht alle Tage von Bautzen nach Rodewitz kommen konnte und die Gerichtsherren ihren eigenen Hof zu versorgen hatten, fanden die Verhöre lediglich ein bis zweimal pro Woche statt. Agnes musste jedoch warten, denn vor ihr waren noch andere an der Reihe. Beispielsweise der Chirurg König und die Geschwister ihres verstorbenen Ehemannes. Als sie endlich dran war, beteuerte sie immer wieder ihre Unschuld. Nie im Leben hätte sie ihrem Peter etwas angetan bzw. ihm Gift ins Essen oder Trinken gegeben. Und Arsen, sowas wäre niemals in ihrem Haus gewesen . Sie bezweifelte, dass er überhaupt – wie sie es ausdrückte – durch dieses ‚Zeugs‘ zu Tode gekommen sei.

„Schon als mein Mann beim Militär war“, sagte sie dem Gericht, „habe er ständig unter mangelnder Luft und Beklemmungen in der Brust gelitten“.

Bei der Gelegenheit erfuhr der Dorfrichter, warum das Ehepaar 1834 bei ihm einen Erbvertrag geschlossen hatte. Häufige Atemnot wäre der Grund gewesen, weshalb Peter Jentzsch, aus Angst daran zu sterben, seinerzeit auf ihm bestand.

Die Agnes schüttelte den Kopf.

„Nein nein, der Peter war krank, deshalb ist er zu Tode gekommen.“

Die Wende

Die Wende kam während eines Verhörs Mitte April. Gerade erzählte sie dem Gerichtskollegium, dass ihrem Mann bereits viele Tage vor dem Tod öfters schlecht gewesen sei, besonders nach dem Genuss seiner Lieblingsspeise Erdbirnen mit Speck. Die Herren horchten auf. Erdbirnen mit Speck – davon hatten sie schon einmal gehört. Hatte nicht die Magd Johanna Schneider ihren Dienstherren vor dem Verzehr dieser Speise gewarnt? Der Dorfrichter kramte in den Protokollblättern.

„Ah hier", sagte er und fragte die Agnes direkt:

„Hast du ihm auch abends am 20. Februar die Erdbirnen gemacht?"

Agnes zuckte ahnungslos mit den Schultern und überlegte eine Weile. Dann platzte sie heraus:

„Ja ja, das war der verflixte Dienstag im Februar, wo mir das Öl ausgegangen ist."

Extra zum Krämer nach Hochkirch wäre sie deswegen bei Dunkelheit und Kälte gelaufen, erzählte sie. Abrupt hielt sie inne. Wie abwesend fügte sie hinzu:

„Da war doch mein Lie … äh … ich meine der Sohn vom Jannasch noch auf Arbeit in der Schmiede und der Johann mit Peter sowie der Magd allein im Haus …"

„Das ist es … das wird es sein!"

Lauter und lauter wurde ihre Stimme.

„Der Johann, ja der Johann hat meinen Mann vergiftet, weil er mich ganz für sich haben will!"

Sie sprang auf und gestikulierte wild mit den Armen.

„Ich war's nicht … jetzt ist's raus … ich bin unschuldig … endlich komme ich frei!"

„Womĕrje womĕrje", beruhigte der Richter Agnes mit beschwichtigender Hand.

„So schnell geht das nicht. Erst werden wir sehen, was der Johann dazu sagt."

Erstaunt schien Johann Jannasch nicht, als man ihn abholte. Da er, solange die Jentzschin in der Zelle saß, wieder neben der Schmiede seines Sohnes in Kuppritz wohnte, musste der Gerichtsälteste extra dorthin fahren. Er spannte die Pferde ein und nahm vorsichtshalber zwei kräftige Knechte mit. Doch Gewalt war unnötig. Jannasch fuhr den ganzen Weg nach Rodewitz anständig mit und ließ sich wortlos einsperren. Aufzupassen hatte der Dorfrichter allerdings, dass Agnes und Jannasch nicht zusammentrafen. Er befürchtete, sie würden heimliche Absprachen treffen, oder andersherum sich gegenseitig an die Gurgel gehen. Mürrisch genug war sein neuer Insasse ja. Wie er am nächsten Morgen aufwachte, fehlte ihm der Schnaps und er haderte mit dem Schicksal. Da saß er nun mit trockener Kehle in einer kahlen Zelle und blickte zurück auf sein verpfuschtes Leben. Begonnen hatte es an sich recht manierlich. 1774 kam er in Hochkirch zur Welt, ging ein paar Jahre zur Schule und machte dann eine Schneiderlehre. Doch kurz nach seiner Hochzeit starb ihm der Vater weg. Ihm blieb nichts weiter übrig, als umzusatteln und dessen Schmiede zu übernehmen. Eine schwere Arbeit, die ihm nicht lag. Die um einen Sohn angewachsene Familie konnte er mit dem ungewohnten Gewerbe nur leidig durchbringen. Zu allem Unglück verstarb auch seine geliebte Frau zeitig und er heiratete erneut. Die Ehe dauerte aber nicht lange, denn die Neue trat ihnen bald als herrschsüchtige Furie gegenüber. Er trennte sich und ergab sich nach und nach dem Trunke. Und da die Schmiede inzwischen verschuldet war, überschrieb er sie unter Vorbehalt des Ausgedinges dem Sohn. Vor einigen Jahren lernte er dann die Agnes kennen. Erst ging er sie oft besuchen und ab dem Winter 1837/38 blieb er ganz bei ihr.

„Wie schön wäre es doch", seufzte er still, „wenn ich diese Frau heiraten könnte".

Sogar sein Sohn schaute jeden Tag bei ihm und seiner Freundin vorbei.

„Ist mit 40 Jahren zwar zu alt für eine neue Mutter, trotzdem gut, „dass die Familie auf diese Weise zusammenhält."

Weiter zu sinnieren kam er nicht. Die Tür sprang auf – er musste zum Verhör.

„Ich habe den Peter nicht umgebracht!"

Trotzig saß Johann Jannasch auf dem Schemel und bemühte sich nach besten Kräften, sein inneres Chaos zu verbergen. Eben hatte der

Dorfrichter ihn mit der Aussage von Agnes Jentzsch konfrontiert und gefragt, ob ihre Anschuldigungen stimmen würden.

„Nie im Leben wäre ich auf den Gedanken gekommen, dem Peter ein Leid anzutun", versicherte er mit treuherziger Mine.

„Ich war nur bei den Jentzschs, weil die Agnes für mich mit gekocht und gewaschen hat".

In einer Männerwirtschaft wäre man damit schlecht dran, erklärte er dem Gericht. Weitere Absichten, so beteuerte er, habe er niemals gehegt und den Beiden das Eheglück nicht geneidet.

„Ich bin reinen Gewissens. Weiß der Kuckuck, woran der Peter gestorben ist."

Es wäre Arsen gewesen, antwortete ihm der Richter. Der Bautzener Apotheker hat es im Leib des Toten gefunden. Jannasch zuckte mit den Schultern.

„Keine Ahnung was das ist", sagte er.

„Kann man daran zugrunde gehen?"

Gerichtskollegium und Advokat schauten sich an. Spätestens jetzt glaubten sie dem Jannasch kein Wort mehr. Denn was Arsen war, wusste jedes Kind. Und ein Schmied konnte ihnen nicht erzählen, von diesem Metall noch nie etwas gehört zu haben.

„Dem fühlen wir so lange auf den Zahn, bis er gesteht", meinte der Richter.

„Entweder er war es allein, oder beide, die Agnes und er, haben es gemeinsam getan."

Eine Mittäterschaft von Jannaschs Sohn schlossen sie eher aus.

Zwei – bis dreimal in der Woche holten sie Johann Jannasch nun zur Vernehmung. Die Agnes kaum, trotzdem musste sie weiter in ihrer Zelle schmoren. Immer wieder stellte das Gericht dieselben Fragen, stets in anderer Reihenfolge, mit anderem Tonfall und anderen Worten. Eine bewährte Taktik, bei der ein Delinquent leicht ins Stolpern kam. Das passierte natürlich auch Johann Jannasch. Bald gestand er, die Agnes zu lieben. Und ja, es war nicht nur das! Genauso hätte er sie gern geheiratet, räumte er später ein.

„Und deswegen hast du ihm Gift unter die Kartoffeln gemengt", bedrängte ihn der Richter.

„Was unter die Kartoffeln gemengt habe ich ihm", war die Antwort, jedoch sei es lediglich Schabenpulver gewesen.

„Das aber nur, weil ich es mit Pfeffer verwechselt habe", fügte er hinzu.

Der Richter schlug mit der flachen Hand auf den Tisch.

„Schabenpulver, Schabenpulver", rief er, „wer soll dir das glauben?"

Kaum konnte er seine Wut unterdrücken. Trotzdem beherrschte er sich und bedeutete den Beisitzern, Johann wieder in die Zelle zu führen.

„Jetzt sollten wir keine Zeit verschwenden", sagte er, als sie zurückkamen.

„Morgen so zeitig wie möglich knöpfen wir uns den Jannasch erneut vor. Ich bin mir sicher, wir werden ihn kriegen ..."

Überrumpelt und geständig

Gleich in der Früh um 4 Uhr begann das Gericht mit der Vernehmung. Rigoros wurde Jannasch aus dem Schlaf gerissen. Bevor er begriff, saß er auf dem Verhörschemel.

Der Dorfrichter knallte eine offene Büchse gemahlnen Pfeffer auf den Tisch.

„Was ist das?"

Jannasch rieb seine Augen. Noch halb im Schlaf brummelte er:

„Na Pfeffer, nehme ich an."

„Und das?"

Sachte schob der Richter eine Dose Schabenpulver daneben. Lauernd sah er den Gegenüber an. Noch immer hatte Jannasch seinen Geist nicht im Griff. Gefühlte Minuten vergingen, in denen er wortlos auf die Behältnisse starrte. Langsam begriff er, dass ein halbwegs gebildeter Mensch Pfeffer sehr wohl von Insektenpulver unterscheiden konnte. Was sollte er antworten? Hellwach wäre ihm bestimmt eine neue Ausrede eingefallen, so aber fühlte er sich wie eine Maus in der Falle. Ungewollt krampfte er zusammen und verlor die Kontrolle. Sein Gesicht entgleiste, gequält schrie er auf und fing an, hemmungslos zu heulen. Die Herren lehnten sich gelassen zurück. Anders der bisher in Deutsch und Sorbisch protokollierende Advokat Bensch. Er zückte gespannt den Federkiel. Der Plan des Richters war aufgegangen. Was jetzt folgte, kannte das Gericht nur zu gut. Egal ob bei kleineren oder größeren Vergehen, es war meistens dasselbe. Die Täter fühlten sich in die Enge getrieben, wussten keinen Ausweg und gestanden ihre Sünden. In vielen Fällen, wie auch in diesem, war das die einzige Möglichkeit, den Gesetzesbrecher rechtskräftig zu überführen.

Unter reichlich Tränen, von Weinkrämpfen unterbrochen, erzählte Johann Jannasch dem Gericht, dass er seit geraumer Zeit ein Auge auf die Agnes Jentzsch geworfen habe. Zunächst hätte er sie bloß ab und zu besucht und ab Anfang dieses Jahres wäre er ständig bei ihr geblieben. Sein Wunsch, die Frau zu ehelichen wäre dabei stärker und stärker geworden. Auf die Frage, was dann sein Sohn dort zu suchen hatte, nickte er versonnen und gab zu Protokoll:

„Wir sind immer gut miteinander ausgekommen. Er hat sich für mich gefreut und mochte eben gern bei seiner neuen Familie sein".

„Aha", warf einer der Beisitzer ein, „und da habt ihr drei, die Agnes, dein Sohn und Du beschlossen, den störenden Ehemann zu beseitigen".

Mit einem Mal versiegten die Tränen. Erschrocken und beinahe streitlustig schaute Johann Jannasch die Herren an.

„Nein und nochmals nein"!

Mit der Faust klopfte er heftig gegen seine Brust.

„Ich war es … hören sie … ich ganz allein bin es gewesen!"

Wieder einmal schauten sich die Männer vielsagend in die Augen.

„Na ja", meinte der Dorfrichter lang und zweifelnd, „dann erzähl uns mal, wie du es angestellt hast, den Peter – allein wie du sagst – aus dem Weg zu räumen".

Mittlerweile war Johann Jannasch wach und sich seiner Lage bewusst. Überrumpelt und Opfer eigener Schwäche, war ihm klar, sein restliches Leben verspielt zu haben. Ein Zurück gab es nicht und so berichtete er bereitwillig über die Tat. Gedrängt sei er von niemanden worden. Einzig der Fund eines Säckchens mit Pulver im Dachgebälk seines Ausgedingehauses hätte ihn darauf gebracht, den Konkurrenten zu töten. Anfang des Jahres sei das gewesen – ein metallisch glitzerndes weißes Zeug, das er als Arsen erkannte. Um sicherzugehen, sei er extra in die Apotheke nach Löbau gelaufen. Dort hätte er gestoßenes Arsen verlangt, es aber nur angeschaut und im Kopf verglichen.

„Im Februar schien mir dann die Zeit gekommen", sagte er aus.

„Dem Peter war öfters schlecht und niemand würde argwöhnen, dachte ich, wenn er plötzlich stirbt."

Also mischte er am Morgen des 20. Februar, wie er dem Gericht weiter erzählte, die Hälfte des Arsens ihm heimlich in die Suppe. Hernach abends mengte er noch etwas Schabenpulver unter die Erdbirnen und hoffte, in der Nacht würde alles vorbei sein. Zu seiner Überraschung saß der lästige Ehemann aber am nächsten Tag wieder putzmunter am Frühstückstisch. Also mischte er den zweiten Teil des Arsens in die Suppe. Zwei Tage später war Peter Jentzsch tot. Nachdem Johann Jannasch sein Geständnis beendet hatte, trat Stille ein. Lediglich die kritzelnde Feder des Protokollanten war zu hören.

„Sag Jannasch", unterbrach der Richter das Schweigen, „warum hat der Peter Jentzsch einen solchen Kerl wie dich überhaupt im Haus geduldet"?

Als schien er es selber nicht zu wissen, grübelte Johann Jannasch einen Moment. Dann meinte er lakonisch:

„Ich glaube, er liebte seine Frau über alles. Wenn sie das wollte, wollte er das auch ..."

Der Tod kam leise und friedlich

Für die örtliche Justiz war die Sache damit erledigt. Sie hatte die von ihr verlangten Untersuchungen bewältigt und mittels eines Geständnisses Johann Jannasch des Mordes überführt. Sie schickten die Akten – vom Advokaten Bensch akkurat ins Deutsche übersetzt – an das Oberappellationsgericht nach Dresden. Gleiches tat – was den Leichenbefund betraf – das Gericht in Bautzen. Jannasch bekam einen Rechtsanwalt an die Seite, der für ihn eine Verteidigungsschrift verfasste. In dieser setzte der Anwalt vor allem darauf, dass Peter Jentzsch an einer bereits vorhandenen Krankheit verstorben sein könnte. Schließlich habe der Chirurg König unmittelbar nach dem Tode keinerlei Anzeichen einer Vergiftung erkannt. Und selbst wenn das Arsen ursächlich zum Ableben geführt hätte, könne man Jannasch nicht mit voller Härte des Gesetzes bestrafen. Aufgrund seiner Trunksucht sei er nur bedingt schuldfähig.

Am 29. Juli 1838 traf das Urteil in Rodewitz ein. Das Gericht folgte in keinem Punkt den Ausführungen des Anwaltes und verurteilte Johann Jannasch wegen Ermordung des Peter Jentzsch zum Tode durch Enthaupten. Was die Agnes Jentzsch betraf, ordnete es ihre sofortige Freilassung an. Eine Mitwirkung bzw. Mitwisserschaft könne ihr das Richterkollegium nicht nachweisen. Was im Übrigen den oder die Ehebrüche anging, konnten sie ebenso kein Urteil fassen, da diese niemand angezeigt hatte. Allerdings, und das dürfte die Agnes Jentzsch hart getroffen haben, musste sie laut Anordnung der Justizbehörde alle Gerichts – sowie Untersuchungskosten aus dem Nachlass ihres Ehemannes bestreiten. Was im Weiteren aus ihr geworden ist, darüber schweigen die Akten. Sicher ist nur, dass sie den Johann Jannasch lebend nie wiedergesehen hat. Nicht etwa, weil ihm ein Henker den Kopf abschlug, sondern er am 29. September 1838 in seiner Zelle friedlich für immer eingeschlafen war.

Und bist du nicht willig ...

Die Landesverteidigung bzw. der Kriegsdienst, lastete im Mittelalter mehr oder weniger auf den Schultern der überwiegend ländlichen Bevölkerung. Standen Feldzüge an, hatten beim Regenten die mit Gütern belehnten Adligen bewaffnet zu Pferd als sogenannte Ritter zu erscheinen. Diese wiederum brachten ihre Untertanen mit, welche das Fußvolk stellten. Zuweilen zogen Kaiser, Könige und Kurfürsten bei kriegerischen Auseinandersetzungen auch Bürger der Städte heran. Ab der Neuzeit – in Sachsen konkret seit Anfang des 17. Jahrhunderts – hatte das Modell jedoch ausgedient. Dauerhafte Heere wurden aufgebaut. Sie standen nicht nur in Kriegszeiten bereit und mussten ständig aufgefüllt sowie ausgebildet werden. Die Landesherren führten deshalb eine Wehrpflicht ein. In Sachsen betraf das in der Regel Männer im Alter zwischen 18 und 45, die je nach Bedarf 5 bis 12 Jahre in der Armee zu bleiben hatten. Korporale und Offiziere dienten freiwillig länger, wobei Letztere bis Anfang des 20. Jahrhunderts traditionell dem Adel angehörten.

Doch trotz, dass die Menschen gern im Frieden ihrer Arbeit nachgingen und dabei auf den Schutz des Staates angewiesen waren, entwickelten die meisten Männer wenig Lust, Soldat zu sein. Wenn immer es ging, drückten sie sich davor. Entgegen kam ihnen, dass nicht alle zum Militär mussten. Wie viele Personen die Armee aushob, hing von der politischen und wirtschaftlichen Lage in und außerhalb des Landes ab. Nichtsdestoweniger waren die Vorgesetzten ständig an gesunden kräftigen Burschen interessiert. Deshalb erlaubte der sächsische Kurfürst über die Wehrpflicht hinaus, Söldner anzuwerben. Allerdings hatte er seinen Regimentskommandeuren Aktionen außerhalb ihres Rekrutierungsbezirkes sowie jegliche Anwendung von Gewalt verboten.

Angesichts der Abneigung gegen den Militärdienst, des Mangels an geeignetem ‚Material' und der entgegengesetzt dazu stehenden Gier der Werber nach Prämien, war das ein schweres Unterfangen. Sie griffen daher zu mehr als fraglichen, ja sogar illegalen Methoden, wie der folgende Fall, geschehen anno 1780 in der Oberlausitz, zeigt.

Eine ernstgemeinte Warnung

Zu jener Zeit war der Ort des Geschehens ein von Wäldern umgebenes kleines Heidedorf. Östlich von Kamenz gelegen, hieß es damals wie heute Piskowitz. In ihm lebten fast ausschließlich Sorben römisch-katholischen Glaubens, die seit Alters her zum Gottesdienst in die Nebelschützer Kirche gingen. Eigentlich hätten sich hier Fuchs und Hase friedlich gute Nacht wünschen können, wäre nicht im Dorf ein Park und mittendrin das herrschaftliche Rittergut gewesen. Es gehörte einem in Sachsen nicht unbedeutenden Adligen, der Beziehungen bis an den kurfürstlichen Hof pflegte. Das kam nicht von Ungefähr, denn Carl

Rittergut Piskowitz im 19. Jahrhundert

Heinrich von Zezschwitz auf Piskowitz besaß beträchtliches Land, war Geheimer Kriegsrat und zudem Vogt des Klosters St. Marienstern. Dem Mann zollten die Menschen Respekt. Sein Name hob die Bedeutung des Ortes und machte manch einen seiner Untertanen stolz, hier zu dienen.

Das traf auch auf den alten Schafmeister Schneider und dessen Sohn Michael zu. Sie hatten bei der Herrschaft insofern eine herausragende Stellung, als diese Tiere eine wichtige Einnahmequelle des Gutes ausmachten. Zehn Jahre hatte von Zezschwitz in die Ausbildung von Michael Schneider investiert und damit die Zukunft seiner Schafzucht in die Hände des kräftigen, gut gebauten Knechtes gelegt. Für den Gutsbesitzer gaben dabei die fachlichen Kompetenzen den Ausschlag, andere dagegen schauten eher auf die körperlichen Reize des Burschen. Unbesehen traf das zum großen Teil auf die Mädchen zu. Doch nicht sie waren es, die von Zezschwitz veranlassten, den Schafknecht Anfang November zu sich zu rufen. Er eröffnete Michael Schneider, dass das Militär an ihn herangetreten sei. Es würde seinen Hirten gern als Soldat anwerben. Ob er denn Lust dazu habe, fragte er ihn.

„Nein!"

Michael Schneider war entsetzt.

„Niemals gehe ich zu den Soldaten. Ich liebe meine Arbeit und möchte bei euch in Stellung bleiben", beteuerte er dem Dienstherrn.

Von Zezschwitz nickte zufrieden. Etwas anderes hatte er von seinem Schafknecht und zukünftigem Meister nicht erwartet. Jedoch gab er ihm auf, er solle sich in Acht nehmen, denn die Methoden der Werber wären, wie er gehört habe, oft hinterhältig und brutal.

„Sollten dich diese Leute trotz meiner Ablehnung holen, dann gehe mit und lass dich nicht zuschanden prügeln", belehrte er ihn.

„Ich verfüge über genügend Einfluss und mache dich wieder frei".

Die Entführung

Die Worte seines Gutsherren ließen Michael keine Ruhe. In ihm kam Unbehagen auf, eines Tages unfreiwillig bei den Soldaten zu landen.

Erfahrung besaß er nicht, aber war es denn möglich, Menschen einfach mit Gewalt in eine Uniform zu pressen? Vorstellen konnte er sich das kaum, trotzdem schaute er ab jetzt einmal mehr über die Schulter, ob in der Nähe verdächtige Gestalten lauerten. Doch nichts dergleichen geschah. Gute vier Wochen vergingen und sein Argwohn verflog. Bald würde Weihnachten sein und sächsische Soldaten hätten in dieser Zeit sicher anderes zu tun, als unschuldige Hirten zu verschleppen. Folglich trug er am Vormittag des 7. Dezember keine Bedenken, als sein Vater meinte, er könne heute noch einmal gehen und die Schafe austreiben. Das Wetter machte es möglich, denn der Donnerstag zeigte sich mild, von Schnee war weit und breit nichts zu sehen. Also schnallte Michael seine Büchse auf den Rücken und ließ die Tiere kurz vor Mittag aus dem Stall.

„Eine stattliche Anzahl, die wir dieses Jahr zusammengebracht haben!"
Stolz schaute er über insgesamt 443 Schafe. Auch seine Hunde schienen darüber froh zu sein und rannten bellend um die Herde. Die zwei Schwarzen hatte er extra auf sich abgerichtet. Deshalb brauchte es nur ein paar Pfiffe sowie Handzeichen und sie trieben die Tiere, genau wie er es wollte, in Richtung Süden, ein Stück in den Luger Busch hinein. Angekommen genoss Michael die Ruhe. Dass einen Büchsenschuss entfernt der Neudörfler Kollege eine Herde austrieb, störte ihn dabei wenig. Seine Hunde waren verstummt und feucht-trüber Nebel lag still über der Landschaft. Während ein Teil der Schafe friedlich vom kargen Gras der Wiese, der andere die saftigen Halme im Wald fraß, versank Michael in Gedanken.
„Was für ein schönes Christfest könnte es dieses Jahr werden", überlegte er.
Zwei Mal mussten sein Vater und er bereits ohne Mutter feiern. Im Sommer des 1778-er Jahres war sie bei ihrer Arbeit im Stall plötzlich zusammengebrochen. Jegliche Wiederbelebungsversuche blieben zwecklos. Ein Verlust, den Vater und Sohn nur schwer überwanden. Indes sollte dieses Jahr alles anders werden. Just vor drei Monden hatte er beim Rosenthaler Sonntagstanz die Katrin kennengelernt. Schon lange hatte er ein Auge auf sie geworfen und nun war es passiert: Beide

hatten sich bis über die Ohren ineinander verliebt. Weihnachten am zweiten Feiertag wollte sie zu ihm herüber nach Piskowitz kommen. Er freute sich riesig. Letztens in Kamenz hatte er für sie sogar eine Spieluhr erstanden. Ein wunderschönes Geschenk – was Katrin wohl dazu sagen würde?

Während Michael auf den Hirtenstock gestützt über Gott und die Welt nachdachte, verging die Zeit wie im Fluge. Gerade drang der Zweiuhr-Glockenschlag der Nebelschützer Kirche zu ihm herüber, da hörte er im Rücken seinen Namen rufen. Er drehte sich um und sah den Neudörfler Hirten Nicolaus Sauer auf sich zukommen. Aufgeregt zeigte er mit den Armen in Richtung des Busches auf Zerna hin.

„Mach dich davon, es sieht böse aus", rief er ihm zu.

Matthias fuhr der Schreck durch alle Glieder.

„Tatsächlich, da standen sie!"

Zwar versuchten die Gestalten, sich hinter den Bäumen zu verstecken, doch ihre weißen Kleider verrieten sie. Michael machte 10 bis 15 Mann aus. Auf den ersten Blick erkannte er: Das müssen Soldaten sein! Jetzt gab es nur eines! Er pfiff die Hunde an, bei der Herde zu bleiben, warf seinen Hirtenstab beiseite und rannte, was die Beine hergaben über die Wiese, in den Busch hinein.

„Vielleicht schaffe ich es bis Schmeckwitz und kann mich dort in einem Haus verstecken", fuhr ihm durch den Kopf.

Aber die Soldaten standen gut im Training. Als sie merkten, ihr Opfer gab Fersengeld, verließen sie ihre Deckung und rannten hinterher. Nach ungefähr 300 Schritten holten sie den Schäfer ein und umringten ihn.

„Haben wir dich endlich", höhnte einer von ihnen.

Offenbar war er der Anführer des Trupps. Im Gegensatz zu den anderen trug er eine Jägeruniform und gab sogleich Zeichen, ihn zu packen.

„Schlitzt dem Kerl die Hosen auf", befahl er.

„So traut er sich nicht, wegzulaufen".

Das allerdings gelang den Entführern nicht, denn Michael schlug wild um sich und teilte dabei kräftig aus. Seine Flinte vom Rücken zu nehmen, dazu kam er leider nicht mehr. Es waren zu viele Soldaten! Letztendlich überwältigten sie ihn und trugen ihn zu sechst davon.

Rettet den Michael, rettet die Schafe!

Ohnmächtig sah Nicolaus Sauer der Szenerie zu.

„Haben die sich den Michael also doch geholt!"

Ratlos, was er jetzt machen sollte, schaute er zum Wald. Von dort heraus drang zunächst wildes Geschrei. Danach trat Ruhe ein und sein Kollege, der Schafhirt der Piskowitzer Herde, war verschwunden. Als wäre nichts geschehen, grasten dessen Schafe weiter; die Hunde liefen unschlüssig um sie herum. Entsetzt fragte sich Nicolaus Sauer, wie so etwas möglich sein konnte. Für Minuten blieb er wie angewurzelt stehen. Schließlich besann er sich und hastete zurück zur eigenen Herde.

„Das muss ich der Herrschaft melden", schoss ihm durch den Kopf.

Stehenden Fußes gab er seinen Hunden das Kommando, die Schafe am Ort zu halten und rannte ins Piskowitzer Rittergut. Völlig außer Atem verlangte er dort, beim Herrn von Zezschwitz vorgelassen zu werden. Aufgeregt schilderte er ihm das Geschehen am Luger Busch.

„So so", murmelte dieser und schaute versonnen zur Decke.

„Ich habe es geahnt! Erstaunlich, was sich die Herren Offiziere in unserem Kurfürstentum alles erlauben dürfen!"

Rasch drückte von Zezschwitz dem Neudörfler Hirten einen Taler in die Hand. Er gab ihm auf, gleich dem Schafmeister Schneider Bescheid zu geben, damit dieser sich um die herrenlose Herde kümmere. Anschließend schickte er einen Boten nach Kamenz, den Verwalter des Piskowitzer Gerichtes, Herrn Advokaten Schneegaß, herbeizuholen.

„Wollen wir sehen, wer hier am längeren Hebel sitzt", lachte er verbittert.

Schafmeister Schneider fuhr der Schreck durch die Glieder, wie er statt seines Sohnes der Neudörfler Hirte hereinstürmte. Verdattert sah er ihn an und als er hörte, dass Soldaten den Michael entführt hatten, überkam ihn purer Zorn. Er diente einst selbst für 8 Jahre in der sächsischen Armee und kannte die Methoden der sogenannten Werber.

„Prügeln und besoffen machen werden sie ihn, bis er ja sagt", polterte er und stampfte mit dem Stiefel auf dem Boden.

„Und wenn er unterschrieben hat, ist es vorbei! Dann gehört er ihnen!"

Nicolaus Sauer hatte es schwer. Er konnte den Mann erst beruhigen, als er ihm mitteilte, dass der Gutsherr alles in seiner Macht stehende tun werde, um Michael loszubekommen. Im Moment allerdings solle er kühlen Kopf bewahren und zunächst an die verlassene Herde am Luger Busch denken.

„Ich muss jetzt auch zu meiner zurück", sagte er.

„Und ihr solltet ebenfalls hinaus, sonst laufen euch die Tiere auseinander. Des Nachts sind sie eine willkommene Beute für den Wolf".

Nicolaus Sauer hatte Recht. Der Schafmeister riss sich zusammen, schnappte den erstbesten Knecht und eilte hinaus auf die Weide. Zu ihrem Entsetzen kamen die beiden zu spät. Die Herde war schon zur Hälfte auseinandergelaufen. Die Hunde standen schwanzwedelnd da und warteten auf Anweisungen. Schätzungsweise 200 Schafe galt es zu suchen. Einige von ihnen befanden sich zum Glück noch in Sichtweite, ein Großteil jedoch streunte verborgen im Wald herum. Eine wahre Sisyphusarbeit, die sie und die wieder auf Schnur gebrachten Hunde erledigen mussten. Erschwerend kam die früh einsetzende Dunkelheit hinzu. Sie machte es schier unmöglich, alle im Busch verirrten Tiere zu finden. Um 7 Uhr abends gaben die Männer auf und trieben die Herde heim in den Stall. Ihre Zählung ergab: Es fehlten 11 Schafe. Glück beziehungsweise Glück im Unglück, darüber mochte der Schafmeister nicht nachdenken. Für manche im Dorf waren 11 Schafe ihr Ganzes. So gesehen ein herber Verlust an Tieren, die er am nächsten Tag – da war er sicher – kaum wiederfinden würde.

Nach der Aktion lief Schneider zurück in seine Wohnung. Gerade angekommen kam ihm eine Magd vom Gutshof hinterhergerannt. Er möge bitte umkehren, der Herr Advokat Schneegaß aus Kamenz wäre eingetroffen und wolle ihn vernehmen.

„Jetzt noch", murrte er, denn es ging bereits auf 9 Uhr zu.

Bestimmt hätte das bis morgen Zeit gehabt, aber was sollte er machen? Schneegaß fungierte als Gerichtsverwalter des Zezschwitschen Rittergutes und wenn so einer rief, war es besser, man gehorchte. Außerdem hoffte er, wie auch Nicolaus Sauer vorhin gesagt hatte, dass der Anwalt im Namen seines Herrn alles versuchen werde, Michael freizubekommen. Also lief er zurück und sagte dem Advokaten, was er wusste. Das allerdings war nicht viel, denn bei der Entführung saß er ja zu Hause. Schneegaß schrieb die Aussage auf und versprach Vater Schneider, das Beste zu geben, damit sein Sohn Weihnachten wieder daheim wäre. Um keine Zeit zu verlieren, holte er gleich am nächsten Vormittag Nicolaus Sauer zu sich. Der schilderte ihm den Ablauf des Vorkommnisses und beschrieb bis ins Detail das Aussehen der Soldaten. Woher sie kamen und wohin sie mit Michael gegangen waren, das allerdings wisse er nicht.

Licht in dieses Dunkel konnte aber der Nachbar des Schulzen von Rosenthal, Nicolaus Scheltz, bringen. Zufällig befand er sich auf dem Zezschwitschen Gut. Wie er hörte, was passiert war und der Gerichtsverwalter die Sache untersuchte, wollte er sogleich eine Aussage machen. Vom 6. zum 7. Dezember, so gab er zu Protokoll, wären im dortigen Kretscham 15 Soldaten eingekehrt. Er persönlich sei da gewesen und habe gehört, wie die Männer nach reichlichem Genuss von Branntwein prahlten, sich morgen den schönen Piskowitzer Schafknecht zu holen.

„Scheiß drauf", hätte einer von ihnen zu Bedenken gegeben, „sein Herr ist ein hohes Tier, der wird uns nur Ärger machen".

Anschließend fragten ihn die Soldaten, wie man am schnellsten nach Steinitz käme und er habe angenommen, dass sie sich des Risikos wegen ein anderes Opfer suchen würden.

„Tut mir leid, ansonsten hätte ich den Michael gewarnt", entschuldigte er sich.

Zur Freude von Schneegaß war Scheltz früher ebenfalls Soldat und konnte ihm sagen, woher der Trupp kam. Die Männer trugen einen weißen Uniformrock. Die Knöpfe waren gleichfalls weiß und der Besatz scharlachrot. Und da sie dem Vernehmen nach aus Spremberg kamen, wusste Scheltz, das sie nur vom Sächsischen Infanterieregiment von Carlsburg kommen konnten.

„Dessen Garnisonen liegen in den Niederlausitzer Orten Spremberg, Guben sowie Sorau. Irgendwo dahin müssen sie den Michael Schneider gebracht haben", gab er am Schluss der Vernehmung zu Protokoll.

Soldat wider Willen

Nachdem die Soldaten Michael am Donnerstagnachmittag überwältigt hatten, packten ihn 6 Mann und schleppten ihn etliche 100 Schritte durch das Unterholz. Und wie er darüber nachdachte, ob Nicolaus Sauer sich wohl um seine Schafe kümmern und im Gut Alarm schlagen würde, setzten sie ihn wieder ab. Erst jetzt konnte er sich die Kerle genauer anschauen. Bis auf den Anführer in Jägerkleidung, trugen sie weiße Uniformröcke mit roten Aufschlägen. Einer von ihnen herrschte ihn an:
„Bist du nicht still, kriegst du eins auf die Nuss, dass dir Hören und Sehen vergeht!"
Michael fielen die Worte seines Gutsherrn ein, sich nicht kaputtprügeln zu lassen. Er beherzigte sie und lief den Weg ohne Gegenwehr mit. Er führte sie immer weiter durch den Wald bis nach Casslau, wo sie eine kurze Rast einlegten. Als der Trupp dabei durch Zerna kam, konnte er trotzdem nicht an sich halten und schrie um Hilfe. Viel bekam er allerdings nicht heraus, denn sofort spürte er einen Schlag im Rücken und hatte zwei Bajonette am Hals.
„Komm nicht mal auf den Gedanken", zischte ihm der Anführer zu.
In diesem Moment merkte Michael endgültig, dass es zwecklos war, sich weiter zu wehren.
„Am Ende stechen die mich ab und lassen meine Leiche einfach am Wegrand liegen", dachte er.
„Warten wir's ab, was die Zeit bringt."

Und die Zeit brachte, was Michael im Grunde ahnte. Er musste, ob er wollte oder nicht, Soldat werden. Bereits am Abend merkte er das deutlich, denn die Entführer machten ernst. Ungefähr vier Stunden waren sie straff gen Norden marschiert und kehrten zur Übernachtung in ein Gasthaus ein. Er konnte nicht bestimmen wo. Lag es noch in der

Ober- oder schon in der Niederlausitz? Michael wusste es nicht. Und da er die ganze Zeit brav mitgelaufen war, hatten die Männer offenbar keinen Argwohn mehr. Er durfte sich zu ihnen an den Tisch setzen. Der Wirt fuhr reichlich auf, vor allem nach dem Abendessen von seinem Branntwein. Die Soldaten bestellten Runde um Runde. Sie lachten, scherzten, und prosteten Michael kräftig zu. Irgendwie verschwamm die Welt und er fühlte sich immer wohler. Sogar Gefühle der Verbundenheit kamen auf, als die Männer ihm schmeichelten, auf die Schulter klopften und ihn als Kameraden bezeichneten. Das Soldatenleben wäre ein feines, meinten sie. Er brauche nicht viel zu tun, die Mädchen flögen auf ihn und abends ginge es in den Wirtshäusern hoch her.

„Und guten Sold gibt es natürlich auch", suggerierte ihm der Fahnenjunker.

Zum Beweis zog er einen Species-Taler (eine Silbermünze im Wert von 9 Talern) aus seiner Jägertasche und hielt ihn Michael unter die Nase. Derweil schob ihm sein rechter Nachbar ein Stück Papier und einen Federkiel zwischen die Hände.

„Ich rate dir, unterschreib diesen Kontrakt über 8 Jahre und das Geld ist dein."

„Morgen beim Major", so der Fahnenjunker weiter, „kommst du mit weniger als 13 Jahren nicht davon".

Nach dem geschätzt 15. Schnaps überlegte Michael – soweit er dazu noch fähig war – nicht lange und kritzelte mit schwerer Hand seinen Namen auf das Blatt. Kurze Zeit später fiel er kopfüber auf die Tischplatte und zwei Mann schliffen ihn eine Treppe höher in sein Bett.

Am nächsten Morgen in der sechsten Stunde riss ihm einer die Decke weg.

„Raus aus den Federn Soldat!"

Wie im Nebel sah er drei hämisch grinsende Gestalten vor sich stehen. Sie fackelten nicht lange und zerrten ihn einfach aus dem Bett.

„Was soll das! Wo bin ich, was ist geschehen?"

Michael taumelte. In Trance schwirrten ihm Bilder durch den Kopf. Er suchte sein vertrautes Bett, seine Kammer. Wo war sein Vater, wo der gewohnte Schrank, wo das Blöken der Schafe ...? Für Minuten begriff er nichts. Erst wie er in der Schankstube stand und die Männer in Uniform sah, kam ihm langsam zu Bewusstsein, dass sie ihn gestern entführt hatten. Und außerdem war da noch was! Zunächst wollte es ihm nicht in den Sinn. Dann traf ihn die Erinnerung wie ein Giftpfeil. Der als Jäger verkleidete Fahnenjunker schnarrte ihn an:

„Du bist jetzt Rekrut der 1. Grenadierkompanie im Regiment des Generals von Carlsburg, sei dessen gewahr und reiß dich zusammen!"

Zum Beweis zeigte er dem frischgebackenen Soldaten die unterschriebene Verpflichtung für eine 8-jährige Dienstzeit in der kurfürstlich-sächsischen Armee. Michael hätte in den Boden versinken können. Einfach unterschreiben, wie blöd muss einer sein, das zu tun? Er kramte in seinen Hosentaschen und zog den gestern erhaltenen Silbertaler heraus. So schön der auch anzusehen, so wertvoll er war, aus der Patsche helfen konnte er ihm nicht mehr. Gern wären Michael ein paar Minuten zum Nachdenken geblieben. Dazu allerdings war keine Zeit. Gleich hieß es:

Sächsische Infanterie 1783

„Wir gehen jetzt zum Kompaniechef, dem Major von Meerfeld. Da heißt es Hacken zusammen und einen guten Eindruck machen!"

Alle lachten. Sie liefen hinaus, nahmen Michael in die Mitte und weiter ging die Reise zu Fuß ins Niederlausitzische hinein.

Um Punkt 9 Uhr kamen sie an diesem Freitag – es war der 8. Dezember 1780 – am Markt in Spremberg an. Wie Michael bemerkte, offenbar der Standort ‚seiner' Kompanie, denn weißberockte Männer standen aufgereiht in gewienerten Stiefeln zum Appell auf dem Platz. Andächtig lauschten sie den morgendlichen Worten ihres Kompaniechefs. Nachdem dieser fertig war, rannte der Fahnenjunker zu ihm, machte

Männchen und erstattete Meldung. Major von Meerfeld kam herüber, musterte Michael von oben bis unten und fragte abgehackt:

„Wie heißt du, woher kommst du?"

Zu mehr ließ er sich nicht herab, nur dass er dem Fahnenjunker ein Handzeichen gab. Allem Anschein nach kannte der das Prozedere und teilte drei Soldaten ein, die Michael begleiten sollten. Bisher hatte er die Männer nicht unterscheiden können, jetzt wusste er, dass es sich um den Sergeanten Mitschke sowie die Gemeinen Delling und Schimank handelte. Zu viert bestiegen sie ein zweispänniges Fuhrwerk und fuhren zum Kommando des Regimentes nach Guben.

„Das du uns ja keinen Ärger machst", schärfte ihm Mitschke während der Fahrt ein.

„Ein falsches Wort, eine Widerspenstigkeit und sieben Tage Lattenarrest sind dir gewiss", drohte er.

An Michael prallte die Warnung ab. Er hatte ohnehin vor, das Kommende bereitwillig geschehen zu lassen. Ohne einen Ton zu sagen, kroch er in sich und dachte an daheim: an seinen Vater, an seine liebe Katrin und an die Worte seines Gutsherrn. Bestimmt würde der alles zum Guten wenden können ...

Im Regimentsstab Guben führten ihn die Begleiter in ein größeres Zimmer. Mitschke trampelte aufgeregt von einem Bein aufs andere und fing mit einem Mal an zu zittern. Er bedeutete Michael, augenblicklich Haltung anzunehmen. Gleich käme der General von Carlsburg, um ihn als Neuzugang persönlich in Augenschein zu nehmen. Es dauerte auch nicht lange, da betrat ein goldbetresster älterer Herr den Raum. Michael fand ihn überhaupt nicht furchteinflößend. Seine Begleiter sahen das offenbar anders. Beim Erscheinen des Chefs knallten sie die Hacken aneinander und standen kerzengerade und kreidebleich neben ihm. Das Ganze währte etwa zwei Minuten. Der General kniff sein Monokel ins Auge, blicke auf Michael, nickte und ging wieder hinaus. Mitschke atmete erleichtert aus und sackte in sich zusammen.

„Gott sei dank, gutgegangen", meinte er und schob Michael ins nächste Zimmer.

Hier wartete ein Arzt – oder zumindest so etwas ähnliches – auf ihn. Dieser schaute ihn kurz an, klopfte zwei, dreimal auf Brust und Rücken und maß ihn aus. Für tauglich befunden ging es danach über einen Flur in ein schönes Kabinett. Es war ausgestattet mit einem Schreibtisch, mit Regimentsfahne sowie einer sächsischen Flagge. An der Wand hing ein großes Gemälde mit dem Konterfei des Landesvaters, Kurfürst Friedrich August III. Hinter dem Tisch stand ein wie der General ebenfalls nicht mehr ganz junger, graumelierter Offizier. Er stellte sich vor als Auditeur (Militärjustizbeamter) des Regiments und forderte Michael auf, die rechte Hand zum Schwur zu heben. Anschließend musste er Wort für Wort eine Eidesformel nachsprechen. Am Ende belehrte ihn der Auditeur feierlich:

„Michael Schneider, ihr seid jetzt offiziell gemeiner Soldat in der Armee seiner kurfürstlichen Majestät zu Sachsen. Ihr unterliegt dem Militärgesetz sowie dem Militärgerichtswesen. Seid euch dessen bewusst, erfüllt gewissenhaft eure Pflicht und haltet den Uniformrock in Ehren."

Das war's! Michael verstand zwar nichts vom Militär, eines jedoch war ihm klar: Würde er jetzt türmen, könnte das schlimme Folgen haben. Ohne murren nahm er alles hin, und tags darauf fuhren sie zurück nach Spremberg.

Urlaub, Liebe, Hoffnung

Am Sonnabend erhielt Michael eine Uniform und die ihm für Dezember zustehenden zwei Taler Sold ausgezahlt. Der Wirtschaftsoffizier zeigte sich großzügig. Immerhin stand das Weihnachtsfest bevor und die Kompanie schickte ihre Mannschaft über den Jahreswechsel nach Hause.

„Damit du siehst, dass ein Soldat sich etwas leisten kann", meinte er gönnerhaft.

Danach wies er Michael eine Unterkunft zu. Er wohnte mit zwei Kameraden in einem Spremberger Bürgerhaus. Die Männer lachten und scherzten und auch er freute sich auf das bevorstehende Fest. Nun konnte er doch noch mit Katrin feiern und allen im Dorf erzählen, was ihm widerfahren war. Ab Donnerstag früh, dem 14. Dezember, durfte er gehen. Zwei Tage nach den Heiligen Drei Königen bzw. dem Hohen Neujahr musste er aber wieder zurück. Da Michael keine Zeit vergeuden wollte, lief er beizeiten los. Von seinen Mitbewohnern hatte er sich erklären lassen, wie er am schnellsten in die Kamenzer Gegend bis Piskowitz käme. Strammen Schrittes marschierte er immer gen Süden – aus der Niederlausitz heraus über Hoyerswerda bis Wittichenau. Von da kannte er den Weg und war gegen Abend zu Hause. War das eine Wiedersehensfreude! Als sein Vater die Tür öffnete und sah, wer vor ihm stand, fiel er dem Sohn unter Tränen um den Hals. Wie ein Lauffeuer ging es im Dorf herum:

„Der Schneider Michael is wieder da und Soldat isser geworden."

Viele kamen, um dem Heimkehrer auf die Schultern zu klopfen. Wie sie jedoch hörten, dass er in die Garnison zurückkehren müsse, verflog die Freude. Für lange Zeit durfte er kein Hirte mehr sein. Gar nicht daran zu denken, wenn ein Krieg ausbräche! Die Gefahr bestand, denn erst im Mai vorigen Jahres, war der Kartoffelkrieg (Bayrischer Erbfolgekrieg) zu Ende gegangen. Auch sein Regiment war beteiligt, und vielleicht könnte er bald auf einem neuen Schlachtfeld stehen. Dann wäre sogar sein Leben bedroht!

Es dauerte nicht lange, da klopfte am Vormittag des darauffolgenden Tages einer der Gutsknechte am Haus. Michael möge bitte gleich ins Kontor kommen. Herr Schneegaß wäre da und möchte ihn vernehmen. Zwar kam ihm das im Moment ungelegen, denn er wollte hinüber nach Rosenthal zu seiner Katrin, doch der Gerichtsverwalter hatte Vorrang. Immerhin war er derjenige, der ihn mit juristischen Winkelzügen vom Militär loseisen konnte. Gleich am Anfang bekam er jedoch einen Dämpfer. Schneegaß fragte ihn, ob er einen Dienstkontrakt unterschrieben und die Eidesformel gesprochen habe. Michael bejahte. Daraufhin meinte der Advokat, dass er ihn nicht vernehmen dürfe, weil er kein Piskowitzer Untertan mehr sei.

„Wenn du willst, machen wir das trotzdem", schlug er vor.

Michael war einverstanden. Er schilderte Schneegaß die Entführung bis ins Detail und beeidete seine Aussage. Der Anwalt schrieb alles auf und meinte zum Schluss, dass von Zezschwitz und er in den nächsten Wochen an höchste Stellen schreiben würden, um ihn wieder freizubekommen. Er solle sich ruhig verhalten und nichts zuschulden kommen lassen. Michael versprach es ihm in die Hand und damit war das Gespräch beendet.

Für Michael vergingen Weihnachten und der Jahreswechsel wie im Fluge. Ihm war das Beste passiert, was einem Mann im Leben widerfahren kann. Als Katrin ihn am 2. Feiertag besuchte, war es um die beiden endgültig geschehen. Sie verliebten sich unsterblich und konnten nicht mehr voneinander lassen. Jeden Tag sahen sie sich und versprachen, einander treu zu bleiben. Doch irgendwann ging auch die schönste Zeit vorbei. Damit er am 8. Januar pünktlich ankommen würde, beschloss Michael, beizeiten loszulaufen. Am Sonntag in der Früh standen die zwei vor dem Haus. In der Nacht hatte Schneefall eingesetzt und ein kalter Wind zwickte an ihren Nasen. Das aber war den beiden egal. Es zählte nur der Moment; die Zweisamkeit, in der sie den Hauch ihres Atems und die Wärme ihrer Körper spürten. Am liebsten hätte Michael nie losgelassen, noch dazu wie er sah, dass dicke Tränen über Katrins Gesicht rollten.

„Jetzt gehst du! Und was soll werden, wenn du bei den Soldaten bleiben musst?"

Michael strich ihr sanft durchs Haar.

„Ach lass, es wird alles gut", tröstete er sie.

„Von Zezschwitz ist ein einflussreicher Mann und mithilfe seines Advokaten sind wir bald wieder zusammen."

Für Minuten standen sie schweigend umarmt. Dann wurde es Zeit. Michael gab Katrin einen letzten Kuss und damit es nicht lange wehtat, drehte er sich abrupt um und lief in den dunklen Morgen hinaus.

Ein entscheidender Brief

Zu gleichen Zeit, in der Michael in seiner Garnison eintraf, sprachen der Gutsbesitzer und Schneegaß darüber, wie sie weiter vorgehen wollen.

„Am wirkungsvollsten wäre, wir schreiben verschiedene Honorationen an", schlug von Zezschwitz vor.

„Auf diese Weise sprechen sich die Methoden des Werbetrupps herum, und derartige Praktiken werden unterbunden."

Advokat Schneegaß begrüßte den Vorschlag und setzte drei Briefe auf. Den Ersten adressierte er an den Landesältesten. Das zweite Schreiben ging an den Chef des Infanterieregimentes 11, General von Carlsburg, und das Dritte bekam der Inspekteur der Infanterie, Generalleutnant von Bennigsen in Dresden. Von Zezschwitz schilderte, wie die Werber im Falle des Michael Schneider vorgegangen waren: nämlich entgegen der Order, bei Rekrutenwerbungen keine Gewalt anzuwenden. Sie informierten, dass sie Michael Schneider bezüglich der Angelegenheit gründlich verhört und dieser seine Aussagen eidlich bestätigt hätte. Sie brachten auch klar zum Ausdruck, dass derselbe nie Lust gehabt habe, Soldat zu werden. Zudem sei er als ausgebildeter Schäfer für die Wirtschaft des Gutes unverzichtbar. Während der Brief an den Landesältesten informativen Charakter trug, baten sie die Generäle, ihren Einfluss geltend zu machen, damit Michael Schneider schleunigst freikommt.

Nachdem sie die Schriftstücke am 11. Januar verschickt hatten, hieß es warten. Die schnellste Antwort kam vom Landesältesten. Er zeigte sich erschüttert von der Vorgehensweise der Werber und meinte, dass derartige Praktiken angeprangert gehören. Höchste Organe sollten diese unter strengste Strafe stellen.

„Wo kämen wir hin", schrieb er, „wenn sich das Militär erlauben darf, unsere besten Knechte nach Gutdünken von Höfen und Feldern zu rauben".

Er wünschte dem Kollegen Erfolg und schloss die Antwort mit freundlichsten Grüßen. Weiteres konnte von Zezschwitz von ihm nicht erwarten. Alle Hoffnung lag bei den militärischen Entscheidungsträgern. Was von ihnen kam, ließ allerdings seinen Glauben an einen gerechten Staat ins Wanken geraten. Der General von Carlsburg antwortete überhaupt nicht und der Generalleutnant von Bennigsen beschied ihn abschlägig. Mehr noch belehrte er von Zezschwitz, dass er als geheimer

Kriegsrat wissen müsse, welchen Stellenwert die Landesverteidigung habe. Außerdem hätte sein Gerichtsverwalter niemals das Recht, einen kursächsischen Soldaten zu vernehmen, geschweige zu vereidigen, da dieser nicht seinem Gericht unterstünde. Nachdem von Zezschwitz den Brief des Inspekteurs gelesen hatte, kroch in ihm die blanke Wut hoch.

„Denken denn in Sachsen immer noch einige, sie können machen, was sie wollen", rief er empört.

„Die Gesetze und der Wille des Kurfürsten scheinen die einen Dreck zu scheren!"

Beim Gedanken an den Kurfürsten hielt er inne. Er riss die Tür auf und wies seinen Gutsverwalter an:

„Lass den Schneegaß herholen! Gleich morgen soll er kommen!"

Von Zezschwitz lief die Zeit davon. Mittlerweile schrieb man den 14. Februar und die Bemühungen, Michael Schneider aus dem Militärdienst zu holen, waren erfolglos geblieben. Gleich am Vormittag konfrontierte von Zezschwitz den eben eingetroffenen Gerichtsverwalter mit dieser Tatsache. Er zeigte ihm die Briefe.

„Schneegaß, jetzt bleibt uns nur eines", sagte er bedeutungsschwer.

„Wir wenden uns an die höchste Instanz, an den Kurfürsten persönlich."

Beide setzten sich hin, entwarfen einen Text und suchten die benötigten Anhänge zusammen. Anschließend schrieb der in der Kanzleischrift bewanderte Advokat folgenden Brief ins Reine:

Dem Durchlauchtigsten Fürsten und Herrn, Herrn Friedrich August, Herzoge zu Sachsen, Jülich, Cleve, Berg, Engern und Westphalen, des heiligen Römischen Reiches Erz-Marschallen und Churfürsten, Landgrafen in Thüringen, Marggrafen zu Meißen, auch Ober – und Niederlausitz, Burggrafen zu Magdeburg, Gefürsteten Grafen zu Henneberg, Grafen zu der Mark Ravensberg, Barby und Hanau, Herrn zu Ravenstein.

Meinem gnädigsten Churfürsten und Herrn!

Zum hochpreislichen Geheimbden Cabinet

Dresden

Durchlauchtigster Churfürst,

Gnädigster Herr!

Ewr. Churfürstliche Durchlaucht höchster Persohn Beschwerden selbst zu Füßen zu legen, kann nur äußerste Bedrückung veranlassen, und alle übrigen vergebens angewandten Mittel diesen Weg als den sichersten anzeigen. Auch dieß ist gegenwärtig der Fall, wenn höchst-Denenselben unterthänigst vorzutragen mich gemüßiget sehe, daß das Löbliche Carlsburgische Infanterie-Regiment und dessen 1. Grenadier-Compagnie am 7. Dec. vor. Jhrs. auf dem mir im Markgrafthum Oberlausitz gehörigen Guth Pieskowitz, einen Schaaf-Knecht nahmens Michael Schneider, auf eine dergestaltige gewaltsame Weise, durch 15 Mann von der Heerde weggenommen, daß selbige gänzlich zerstreuet, des andern Tags erst wieder zusammengebracht, und meine Schäferey dadurch in völlige Unordnung gebracht worden, welches sich durch den Abgang in derselben seit dieser Zeit bestätigt.

Beygefügte vidimirte Registraturen, welche Ewr. Churfürstliche Durchlaucht in tiefster Unterthänigkeit submittire, sind der Beweis meiner Assertorum, sie bestimmen die geschehene Art der Werbung in ihrer Unregelmäßigkeit, sie beweisen den mir dadurch zugefügten Schaden und bezeigen, daß dieser Mann, der es durch einen Eydschwur bestärket, daß er gewaltsam weggenommen, nur aus Furcht und Drohungen willigen müssen, nie aber Lust zum Soldaten gehabt, den ich seit 10 Jahren zur Schäferey, besonders Spanischer Art selbst abrichten lassen und der ein sehr gutes und schwr zu habendes Subjekt in seiner Art geworden, um so mehr in meiner Wirtschaft unentbehrlich sey, je mehr die Schäferey der stärkste Fonds meines sehr hoch in Steuern und Gaben liegenden Guthes ist, durch den Verlust dieses Mannes aber einen sehr argen Stoß leiden würde.

Hierdurch veranlasset und unterstützet von dem von Ewr. Churfürstlichen Durchlaucht mit Beziehung auf die erneuerte Ordonnanz, erlassenen Mandat vom 12. Juny 1779, die Werbung betr., nicht weniger durch die bey letzten Bewilligungs-Landtag denen Ständen der Oberlausitz gnädigst angediehnen Landesväterlichen und huldreichst gethanen Zusicherungen, ergreife ich die Zuflucht zu höchtderoselben geheiligter Persohn, als das einzige mir noch übrige Mittel, um desto getroster und bitte Ewr. Churfürstliche Durchlaucht unterthänigst gehorsamst:

Dem Löblichen Carlsburgischen Regiment die gänzliche Loslassung dieses mir gantz ohnentbehrlichen Schaaf-Knechts Michael Schneiders anzubefehlen.

Diese hohe Gnade werde ich lebenslang mit dem devotesten Dank verehren, und nie aufhören, in tiefster Unterthänigkeit zu beharren

Ewr. Churfürstlichen Durchlaucht
Unterthänigst gehorsamster

Carl Heinrich von Zezschwitz.

Pieskowitz, den 14. Febr. 1781

Als sie fertig waren, zeigte der Zeiger der Uhr bereits auf 4.

„Gebs Gott", seufzte von Zezschwitz und legte das Schreiben in die Post.

„Hoffen wir, dass es noch Gerechtigkeit gibt!"

Kurfürst Friedrich August III. von Sachsen

Sicher gab es die nicht immer. In diesem Fall aber standen die Chancen schon deshalb gut, weil die kurfürstliche Kanzlei den Piskowitzer Brief dem Landesherrn direkt zur Einsichtnahme vorlegte. Nicht jedes Mal war das so. Vorgänge niedrigerer Relevanz, leiteten die Sekretäre geradewegs weiter an die zuständigen Kabinette. Hier allerdings schien ihnen eine Order des Landesherrn aufs Gröbste missachtet worden zu sein. Entsprechend fiel die Reaktion des Kurfürsten aus. Als Friedrich August den Brief in die Hände bekam, zeigte er sich düpiert. Wenn es um die Missachtung von Gesetzen und Bestimmungen ging, war das bei ihm nicht ungewöhnlich. Er hielt viel von Etikette und achtete darauf, dass seine Untertanen auf allen Ebenen die bestehenden Ordnungen einhielten. Dieser unerschütterliche Rechtssinn brachte ihm später den Beinamen „Der Gerechte" ein.

„Was nimmt sich der General von Carlsburg heraus", fragte er den noch neben ihm stehenden Chef der Kanzlei.

„Er kennt die Direktive und trotzdem wirbt er außerhalb des eigenen Rekrutierungsbezirkes. Warum laufen seine Leute von der Niederlausitz in die Oberlausitz und verschleppen von dort gewaltsam einen Mann?"

Umgehend ließ der Kurfürst den General-Inspekteur der Infanterie von Bennigsen rufen.

Mit der Frage konfrontiert, ob er vom Vorfall wisse, gab dieser kleinlaut zu, trotz Kenntnis nichts gegen das Unrecht unternommen zu haben. Lange warten brauchte er nicht. Auf der Stelle musste er ein landesväterliches Donnerwetter über sich ergehen lassen. Wie erwartet, nebst dem Befehl, den Soldaten Michael Schneider sofort zu entlassen. Barsch fügte der Kurfürst an:

„Und dem von Carlsburg richtet ihr gefälligst aus, sollte er noch eines meiner Mandate missachten, ist er sein Regiment los!"

Endlich nach Hause

„Hast du ein Glück", meinten am Abend des 21. Februar Michaels Stubenkameraden.

„Einen Herrn, der sich so für uns einsetzt, würden wir uns auch wünschen."

Gerade am Morgen dieses Tages musste Michael nicht mal mehr zum Appell antreten. Gift und Galle spuckend kam Sergeant Mitschke auf ihn zugelaufen. Er befahl ihm, die Montur abzugeben und aus Spremberg zu verschwinden.

„Du Saukerl bist entlassen", brüllte er ihn an.

Michael fiel ein Stein vom Herzen.

„Endlich haben die daheim es geschafft, mich loszueisen!"

Betont langsam schlenderte er über den Markt zur Kompaniekammer, um die weiße Soldatenkluft gegen seine gewohnte Schäferkleidung zu tauschen. In ihr ist er gekommen und in ihr würde er Gott sei Dank nun wieder nach Hause gehen. Er war überglücklich! Darum ging es ihm auch am A... vorbei, wie Mitschke ihm hinterherschrie:

„Und zu fressen kriegst du von uns heute nichts mehr!"

Er drehte sich lediglich um, lachte und zeigte dem Sergeanten den erhobenen Mittelfinger. Als er sah, wie dieser wütend auf das schneebedeckte Pflaster trampelte, kam in ihm Schadenfreude auf.

„Armes Mitschkel", grinste er, „jetzt musst du das Kopfgeld zurückgeben und darfst am Abend ein paar Becher Branntwein weniger trinken".

„Recht geschieht dir", wenn er daran dachte, wie sie ihn vor zweieinhalb Monaten geschnappt und ihm auf dem Weg das Messer an den Hals gehalten hatten.

Dass er vom Militär heute nichts mehr erhalten sollte, erwies sich als nicht schlimm. Die Wirtsleute, bei denen er Quartier hatte, freuten sich mit ihm. Sie boten an, er könne bis morgen bleiben. Auf das Geld der Armee würden sie verzichten und ihn für einen Tag auch ohne Billett verköstigen.

Bereits um 4 Uhr trieb es Michael am Donnerstag aus den Federn. Damit er die anderen nicht aufweckte, zog er sich leise an, nahm sein bisschen Gepäck und ging hinaus. Trotz, dass in einigen Tagen der März anfing, war es draußen kalt. Das aber störte Michael wenig. Erstens überwog die Vorfreude, bald wieder bei seinen Lieben zu sein. Zweitens hatte er sich gestern vom Sold noch ein paar dicke Socken, einen Mantel, Handschuhe sowie eine Fellmütze gekauft.

„Wird mir kalt, laufe ich eben schneller", sagte er sich, zog die Mütze über die Ohren und lief los.

Kräftig schritt er aus. Teilweise durch hohe Schneewehen führte sein Weg wie vor dem Christfest nach Süden.

„Was werden die im Dorf für Augen machen, wenn ich heute Abend wieder da bin?"

Er dachte an Vater und den Gutsherren, dem er die wiedergewonnene Freiheit verdankte. Hoch war er ihm zu Dank verpflichtet und nahm sich vor, gleich morgen bei ihm vorzusprechen. Was wollte er ihm sagen? So sehr er auch versuchte, sich darauf zu konzentrieren, es gelang ihm nicht. Wieder und wieder schweiften seine Gedanken ab und hingen bei Katrin. Wie groß war ihre Freude, als er ihr Weihnachten die Spieluhr schenkte! Stundenlang hielt er sie in den Armen und sie träumten. Sogar einen Heiratsantrag hatte er ihr gemacht – und sie hatte ja gesagt.

„Wenn ich heimkomme", überlegte Michael, „sollte ich für sie und Vater ein Geschenk mitbringen".

„Ich könnte ja den Species-Taler anreißen, den ich bei der Entführung vom Fähnrich erhalten habe."

„Dem Vater wäre sicher ein neues Tabakpfeifchen recht, aber Katrin?"

Instinktiv blieb er auf dem Markt von Hoyerswerda stehen und sah sich um. Über einer der Türen glänzte ein goldener Weinpokal – das Zeichen eines Goldschmiedes. Zögernd ging er hinein und sah sich um. Der Meister, offenbar mit Erfahrung nicht nur in seiner Handwerkskunst, winkte Michael heran. Milde lächelnd holte er eine wunderschöne silberne Kette aus der Schublade. An ihr hing ein Christuskreuz, mittendrin ein kleiner Rubin.

„Gutes Silber", meinte er und sah Michael in die Augen.

„Ein Geschenk für die Liebe des Lebens mit einem Kreuz und rotem Stein"

Michael legte den Taler auf den Tisch.

„Wie ihr es sagt, so soll es sein ..."

◦◦◦◦◦

Der Böhmische Wenzel –
eine Kultfigur seiner Zeit

◦◦◦◦◦

Bereits im zweiten Teil dieser Buchreihe, der den Titel ‚Das behexte Lenchen'
trägt, sind Geschichten über den Böhmischen Wenzel erschienen. Weil sie so gut
sind, setzen wir die Erzählungen hier fort.

Der Böhmische Wenzel, mit richtigem Namen Wenzel Kummer, war
ein Räuberhauptmann, der zu Lebzeiten großes Aufsehen erregte. Heute
jedoch wird er, im Gegensatz zu seinem berühmten Pendent Johannes
Karasek, von den Geschichts- bzw. Geschichtenschreibern weniger
beachtet. Dabei haben beide viele Gemeinsamkeiten. Wie Karasek
erblickte Wenzel Kummer um das Jahr 1764 in Böhmen das Licht der
Welt. Wie er erlernte Wenzel einen soliden Handwerksberuf und hielt
nichts vom Zwangsdienst beim Militär. Beide desertierten aus dem
österreichischen Heer und wurden allein deswegen lange gesucht. Fassen
konnte ihn die Obrigkeit zunächst nicht, denn 1802 schloss er sich in
Neuschirgiswalde einer Bande an, zu deren Anführer ihn die Mitglieder
kurze Zeit später wählten. In dem nach 1809 faktisch herrenlosen
Gebiet der sogenannten Republik Schirgiswalde war er sicher, außer er
befand sich während seiner Raubzüge und Ausflüge auf böhmischem
Territorium oder in der Oberlausitz. 1815 fasste man Wenzel genau dort
und sperrte ihn in die Fronfeste der Ortenburg Bautzen, von wo aus
ihm zwei Mal die Flucht gelang. Im schlesischen Hirschberg endgültig
geschnappt, verstarb er 1820 im Gefängnis Jungbunzlau. Wie im Fall
des Räuberhauptmanns Karasek, sind die Menschen damals geteilter
Meinung gewesen. Die Reichen fürchteten und hassten ihn, während die
Armen ihn als Helfer verehrten. Viele Geschichten machten ihn nach
dem Tode zur Legende. Mit der Zeit sind sie in Vergessenheit geraten.
Vielleicht auch diese.

Historische Ansichtskarte Schirgiswalde

Mutter in Not

Wie die alten Leute erzählten, muss es um das Jahr 1810 gewesen sein, da lief Wenzel Kummer eines Tages aus Böhmen kommend den Weg entlang zwischen Hainspach und Sohland. Eigentlich wollte er schnell nach Hause, allerdings mochte er im Augenblick nicht weiter, denn am Himmel schoben sich tiefblaue Wolken zusammen. Zwischendrin zuckten Blitze und die ersten fetten Regentropfen klatschten an seine Jägeruniform. Das Dorf war noch fern, aber zum Glück entdeckte er ein abgelegenes Häuschen, in dem er Unterschlupf finden konnte. Eben hatte er vor an der Tür zu klopfen, da vernahm er von drinnen lautes Gejammer.

„Wird hier etwa ein Weib geschlagen", fuhr es ihm durch den Kopf.

Entschlossen, dem ein Ende zu bereiten, riss er die Tür auf. Er hasste Männer, die ihren Frust am weiblichen Geschlecht ausließen. Als er die ärmliche Stube betrat, blieb er jedoch verdattert stehen. Aus weit aufgerissenen Augen sah ihn eine junge Frau erschrocken an. Wie sie merkte, dass offenbar kein Räuber vor ihr stand (wie sehr sie doch irrte), wandelten sich ihre Züge und sie blickte ihn flehend an. Die Finger in den prallen Bauch gekrallt erzählte sie, dass es eigentlich erst in acht Tagen soweit sein sollte, aber nun wolle das Kleine schon heute raus. Wenzel war sofort im Bilde. Hier war die Not groß, hier musste Hilfe her!

„Wo ist denn dein Mann", wollte er wissen.

„Unterwegs zu meiner Mutter. Vor morgen ist er nicht zurück."

Kaum gesagt, ging es von neuem los. Die Frau krümmte sich und schrie vor Schmerz. Für Wenzel das Zeichen, sofort zu handeln. Ohne zu zögern, rannte er hinaus und ins Dorf hinein. An den prasselnden Regen, die Blitze sowie den krachenden Donner verschwendete er keinen Gedanken. Nur schnell weiter und jemanden finden, der helfen konnte!

Bei den ersten Anwesen angelangt, klopfte er wahllos an eine Tür. Wo denn die nächste Wehmutter zu finden sei, wollte er wissen. Der Bauer wies ihm den Weg: Drei Häuser weiter solle er es versuchen, meinte er und schaute dem Fremden verdutzt hinterher. Zum Glück war die Frau da und öffnete sogleich. Unvermittelt, packte Wenzel ihre Hand:

„Komm mit", sagte er hastig, „du wirst gebraucht"!

Ohne sie loszulassen, zerrte Wenzel die sprachlose Amme hinter sich her. Erst wie beide die Stube betraten, fand sie zu sich und schlug die Hände über dem Kopf zusammen.

„Gütiger Gott", schrie sie.

Und zu Wenzel gewandt:

„Hol Wasser herbei und such Tücher! Beeil Dich, s' ist höchste Zeit!"

Lange musste Wenzel nicht warten. Rücksichtsvoll hatte er die Stube verlassen, bald aber vernahm er lautes Babygeschrei und ging wieder hinein. Ein Knäblein war's, dass ihm die Hebamme erleichtert entgegenstreckte. Während sie es liebevoll in das eilig herbeigeschaffte Leinen wickelte, fragte Wenzel die Mutter, wie denn der Junge heißen solle. Völlig ermattet, dennoch freudestrahlend, sagte sie, dass sie dies nicht ohne ihren Mann bestimmen wolle.

„Nennt ihn doch nach mir und tauft ihn auf den Namen Wenzel."
Bei seinen Worten holte er eine Rolle Taler aus der Tasche und drückte sie der Mutter in die Hände. Auch die Hebamme bekam ihren reichlichen Lohn. Fassungslos über so viel Glück verabschiedeten die Frauen den Fremden mit Tränen in den Augen. Weiter fragen, dazu kamen sie nicht, denn Wenzel legte Eile an den Tag. Schließlich durfte keiner Verdacht schöpfen oder sich Gedanken machen, wieso ein einfacher Jägersmann an einem normalen Tag mit so viel Geld in den Taschen umherlief.

Zunächst tat das auch niemand. Vielmehr überwog die Freude, vor allem am nächsten Tag, als der Mann mit der frisch gebackenen Großmutter eintraf. Beide staunten nicht schlecht, den Nachwuchs schon jetzt begrüßen zu dürfen. Voller Dankbarkeit erfuhren sie vom geheimnisvollen Retter und dessen edler Spende. Natürlich gab es angesichts dieser Tatsache keine Einwände, den Jungen auf den Namen Wenzel zu taufen. Das ganze Dorf war zur Feier eingeladen. Wieder und wieder mussten die junge Mutter und die Hebamme vom geheimnisvollen Jäger berichten. So wunderte es nicht, dass unter vorgehaltener Hand bald von einer neuen (guten) Tat des Böhmischen Wenzel die Rede war. Eine Erzählung mehr, ihn im Laufe der nächsten 10 Jahre zu einer Legende werden zu lassen.

Dankeschön

Ich bedanke mich herzlich bei den Mitarbeiterinnen und
Mitarbeitern des Archivverbundes Stadtarchiv/Staatsfilialarchiv
Bautzen, der Stadtbibliothek Bautzen sowie der
Christian-Weise-Bibliothek Zittau für die gute Zusammenarbeit.
Speziell bei den Recherchen für die einzelnen Geschichten des
Buches haben sie uns hervorragend unterstützt.
Keine Mühe war ihnen zu viel, die gewünschten Akten, Bücher sowie
Zeitungen zu besorgen und mich darüber hinaus mit ihrem fundierten
Wissen zu beraten. Ohne sie wäre es undenkbar gewesen, dieses Buch
zu schreiben. Ich wünsche ihnen
viel Erfolg bei ihrer Arbeit und freue mich auf eine
gute Zusammenarbeit in den nächsten Jahren.

Arnd Krenz

Bildnachweis

Umschlagseiten

Wolf: Depositphoto @ Kseniakr

Der Tiger von Sabrodt

Postkarte Wolf: Museum Hoyerswerda
Schloss Hoyerswerda: Zeichung Johann Gottfried Schultz (1734 – 1819),
Wikipedia
Ortschaft Sabrodt: Hans-Henner Niese
Der Tiger von Sabrodt: Gernot Menzel
Wolfsspur im Schnee: Omega - stock.adobe.com
Lausitzer Seenland: Keto1972 - stock.adobe.com

Schöngretchen hinterm Berge

Maximilian II.: Kunsthistorisches Museum Wien, Wikipedia
Markt Zittau: Arnd Krenz
Eckartsberg bei Zittau: Arnd Krenz
Gericht 16. Jahrhundert: Erica Guilane-Nachez - stock.adobe.com

Tödliche Liebesqual

Gedenkstein Mordtat Helle: Arnd Krenz
Helle in Hinrichtungskleidung: Zeitgenössische Zeichnung C. U.
Moraweck, Zittau
Kirche Bertsdorf: Jwalter, Wikipedia
Blick vom Mordstein auf Großschönau: Arnd Krenz

Hanka und Hatto – eine unsterbliche Liebe

Felsformation auf dem Drohmberg: Arnd Krenz
Bautzen Blick zur Ortenburg: Arnd Krenz
Heinrich I.: Wikipedia
Benediktinermönch: Sarah Holmlund - stock.adobe.com
Großpostwitz Blick auf den Czorneboh: Brück & Sohn Kunstverlag Meißen,
Wikipedia

Mortwa Holčka – Ermordetes Mädchen

Druschka: disignor.de, Adobe Stock
Dorfstraße Kotten: Arnd Krenz
Kapelle Cunnewitz: Arnd Krenz
Gedenkstein ermordetes Mädchen: Arnd Krenz

Der Zettel

Hochkirch: Arnd Krenz
Dorfstraße Rodewitz: Arnd Krenz
Ehemalige Schlossapotheke Bautzen: Arnd Krenz

Und bist du nicht willig ...

Rittergut Piskowitz im 19. Jahrhundert: F. Heise, Wikipedia
Sächsische Infanterie 1783: Kay Körner, Wikipedia
Kurfürst Friedrich August III.: Gemälde A. Graff 1779, Wikipedia

Danksagung

Blick aus der Schloßstraße zum Matthiasturm der Ortenburg:
Jörg Blobelt Wikimedia by CC-BY-SA-4.0

Aus der Reihe **Auf historischen Pfaden** bisher erschienen:

Es sind Pfade, die keineswegs ausgetreten sind, sondern unterhaltsam in die Welt unserer Ahnen führen. Wenn Sie lesend auf ihnen wandeln, erfahren Sie interessante Begebenheiten aus dem Leben der einfachen (manchmal auch komplizierten) Leute einer kleinen Stadt in der Oberlausitz.

„Verratene Liebe"
Seiten: 176
ISBN: 978--37543596-3-1
Preis: 9,95 EUR

Das Buch ist das zweite der Reihe „Auf historischen Pfaden". Ging es in der ersten Ausgabe ausschließlich um die Stadt Löbau, präsentieren wir Ihnen hier Geschichten und Sagen aus der gesamten Oberlausitz sowie den angrenzenden böhmischen Gebieten.

„Das behexte Lenchen"
Seiten: 144
ISBN: 978-3-7543836-3-6
Preis: 9,49 EUR